中国故事
原创文学丛书

广西壮族自治区党委宣传部
当代文学艺术创作工程扶持项目

西非时间

中国第五支赴利比里亚维和警察防暴队纪实

谭小萍 —————— 著

广西科学技术出版社

图书在版编目（CIP）数据

西非时间：中国第五支赴利比里亚维和警察防暴队纪实 / 谭小萍著. —南宁：广西科学技术出版社，2020.6

ISBN 978-7-5551-1362-1

I. ①西… II. ①谭… III. ①纪实文学—中国—当代 IV. ① I25

中国版本图书馆 CIP 数据核字（2020）第 070772 号

西非时间——中国第五支赴利比里亚维和警察防暴队纪实

谭小萍　著

责任编辑：黎志海　张　珂　　封面设计：夏艺堂

责任印制：韦文印　　责任校对：陈剑平

出 版 人：卢培钊

出版发行：广西科学技术出版社　　地　　址：广西南宁市东葛路 66 号

邮政编码：530023　　网　　址：http://www.gxkjs.com

经　　销：全国各地新华书店

印　　刷：广西民族印刷包装集团有限公司

地　　址：南宁市高新区高新三路 1 号　　邮政编码：530007

开　　本：787 mm×1092 mm　1/16

字　　数：200 千字　　印　　张：14.75

版　　次：2020 年 6 月第 1 版　　印　　次：2020 年 6 月第 1 次

书　　号：ISBN 978-7-5551-1362-1

定　　价：38.00 元

鹰　说

中午时分，在利比里亚首都蒙罗维亚，总有一只只头顶着蓝色翎羽的鹰，张开近 2 米宽的翅膀，在天空盘旋、滑翔或俯冲，巨大的影子投向地面，让人望而心生敬畏。

鹰是禽类王国的主宰，是英勇凶猛的象征。

鹰的寿命可达七八十岁，但要经过许多磨难、磨炼，才能活到这个岁数。

鹰活到 40 岁的时候，爪子就开始老化，再不能像年轻时那样稳、准、狠地捕捉到心仪的猎物了；喙也开始蜕化，长得又弯又长，几乎抵到自己的前胸。更要命的是，这时鹰的羽毛也越长越厚，有的被飓风撕裂，成为它搏击长空的累赘。此时鹰有两种选择，一是等死；二是忍着剧痛每天用喙撞击岩石，直撞得眼前金星直冒，五脏六腑几乎都要移位，旧喙才脱落，长出新喙。

鹰用新生的喙一点点地拔掉老化的爪子，拔掉身上厚重的羽毛，获得新生。

鹰之飞翔，雄视苍天，俯瞰大地，与蓝盔交相辉映。

中国第五支赴利比里亚维和警察防暴队也如雄鹰飞翔，但他们不是为了雄视苍天，俯瞰大地，而是为了守护和平。因为他们的心里都有一份承诺书，一份对党、对祖国、对人民的庄严承诺。

承诺书

作为中国第五支赴利比里亚维和警察防暴队的一员，我庄严承诺：

一、忠于党、忠于祖国、忠于人民，秉承“忠诚、拼搏、团结、奉献”的中国维和警察精神，永不叛党，永不违背祖国人民，为世界和平事业而奋斗。

二、遵循“正直、专业、尊重多元化”的联合国核心价值，勇挑重担、扎实履职，服务支持当地社会重建。

三、服从命令，听从指挥，不擅做主张，坚决执行上级下达的各项任务。

四、严守部队条令、条例及各项规章制度，注意生活细节、规范言行举止，决不做违规违纪之事。

五、维护中国维和警察防暴队形象，遵守社会公德，决不侵占当地百姓利益，决不侵犯女性权益。

六、严格遵守保密规定及外事纪律，决不私自透露部队信息，决不擅自发表不当言论。

七、融入集体，关心同志，坦诚相待，互助互爱，自觉维护防暴队团结统一。

八、胸怀理想，一心为公，决不贪功邀赏、争名逐利，不向组织提要求、讲条件。

承诺人：×××

二〇一七年二月二十一日

这份承诺书，贴在防暴队指挥部的墙上，也贴在每一位赴利比里亚执行任务的蓝盔警察的心中。

目录

第一章　蓝盔之光

带血的羽毛

大千世界，我也许只是一根羽毛，但我也要以羽毛的方式承载和平的心愿。

——中国赴海地共和国维和女警和志虹

海地共和国（以下简称海地）当地时间 2010 年 1 月 12 日下午 4 时 53 分，北京时间 2010 年 1 月 13 日早上 5 时 53 分，海地发生里氏 7.0 级强烈地震（此为海地 200 年来最强地震），震中位于海地首都太子港西部约 15 公里处，震源深度为 8 公里。其周边国家巴巴多斯、多米尼加共和国等均有明显的震感。

以往，加勒比海地区地震时有发生，但强度都不大，并未引起人们足够的警惕。而海地已有近 16 年没发生过较强烈的地震了。

海地国土面积 2.78 万平方公里，人口约 1200 万。战争给海地带来了贫困，带来了动荡，因此海地被联合国评定为最不发达的国家之一。这里的房屋多为土木结构的老房屋，年久失修，极不牢固。

地震在人们毫无防备的情况下发生，大量房屋被震倒，位于太子港的联合国驻海地稳定特派团总部大楼也轰然倒塌，成了一片废墟。

截至 2010 年 1 月 26 日，地震已造成 22.25 万人死亡，19.6 万人受伤。

大楼倒下的一瞬间，中国赴海地维和工作组成员朱晓平、郭宝山、王树林、李晓明，以及驻海地维和警察和志虹、赵化宇、李钦、钟荐勤，正在楼内与联合国驻海地稳定特派团官员商谈。上天毫不仁慈，没给他们撤离的机会，也不让他们与部队的首长和战友、与远在国内的挚爱亲朋最后道一声别，他们就这样带着光荣与使命，带着对生命的无限眷恋被埋在废墟里，以身殉职。

从正式加入联合国维持和平行动特别委员会算起，中国国际维和 30 年，倒在国际维和岗位上，再也回不来的中国军警又何止这 8 个人?

1991 年，军事观察员雷润民在伊拉克与科威特接壤处执行维和任务时，被当地一辆猛冲过来的面包车碾压，献出了宝贵的生命。12 年后，联合国将达格·哈马舍尔德勋章追授给这位英雄。

1992 年，军事观察员刘鸣放在柬埔寨执行维和任务时，因感染当地正在流行的脑疟疾，医治无效离世。

1993 年，一枚火箭弹落入柬埔寨磅同省斯昆镇中国维和工程兵大队营地，造成工程兵陈知国、余仕利牺牲，另外 7 名工程兵受伤。

2003 年，联合国驻伊拉克武器核查机构化学视察组组长郁建兴，在乘车返回巴格达途中遭遇车祸，头部受到重创，抢救无效牺牲。

2003 年，中国赴刚果（金）维和的工兵连建筑分队 3 班班长付清礼，在基武湖畔刷洗装载机上的泥污时，忽然出现头痛、眩晕、呼吸困难、体温快速上升等中暑症状，虽经全力抢救，还是没能挽回他的生命。

2005 年，中国赴利比里亚维和部队运输分队士官张明，外出执行任务时，被一颗子弹击中头部，壮烈牺牲。

2006年，联合国军事观察员杜照宇中校及其他3名来自芬兰、奥地利、加拿大的联合国军事观察员，在黎巴嫩的联合国观察哨所遭炮火袭击，献出了宝贵的生命。

2016年，中国赴马里维和部队遭遇恐怖袭击，申亮亮不幸牺牲。牺牲时，他手里还紧握着一支95式自动步枪。

同样是2016年，中国赴南苏丹维和步兵营的一辆装甲车在联合国驻南苏丹特派团总部营地执行难民营警戒任务时，遇南苏丹政府军与反政府武装激烈交火，装甲车被炮弹击中，李磊、杨树朋当场牺牲，另有2人重伤、3人轻伤。

时势造英雄。这些维和军警，正是这个伟大时代造就的英雄人物。

英雄都很朴实，他们不会把自己当作英雄，不会说自己像山一样高、像海一样深，反倒觉得自己不过是沧海一粟或大千世界中一根毫不起眼的羽毛。但关键时刻，他们却发挥了巨大的作用。如同以上所述英雄，在祖国需要的时候，他们漂洋过海，去到远离祖国的陌生之地，不是用华丽的辞藻，而是用实际行动践行维护世界和平的承诺，用满腔热血甚至不惜以生命为代价，给中国国际维和历史涂上一抹无比悲壮的色彩。

国际维和究竟始于何时，源于何地？

1947年11月30日，在耶路撒冷阿拉伯人和犹太人混合居住的一个小城镇，爆发了一场武装冲突，而这个冲突短时间内并没有结束的迹象。更令人不安的是，1948年5月15日，阿拉伯联盟的埃及、外约旦、伊拉克、叙利亚和黎巴嫩，也派军队参与其中。

巴勒斯坦战争不可避免地爆发了。

暴力冲突发生时，如果有人出来调停，劝双方尽量保持克制，避免使用武力，相信流血会少一点，各方面损失也会少一点。

巴勒斯坦战争波及了中东的许多国家，有的还是国际上重要的产油国。如果战争持续下去，国际能源供应势必受到影响。1948 年 6 月，联合国出面劝架了，协议成立了驻巴勒斯坦停战监督组织，协助调解员和停战委员会，在巴勒斯坦境内对联合国安理会要求的停战协议进行监督。这个组织成立以来，执行了联合国安理会交给的诸多任务。

自 20 世纪 80 年代末起，中国便践行联合国协议，屡次派遣军事观察员（不可携带武器）和军事部队（可携带用于自卫的轻武器）到正在发生民族冲突的国家和地区，参与联合国维和行动。其中，军事观察员负责监督冲突各方遵守停火协议；军事部队则展示自身武力，震慑犯罪分子。另外，中国还派遣维和警察到冲突刚刚得到平息的国家和地区，维护来之不易的和平。

炼狱般的训练和选拔

我曾想，鹰或许一开始并不是鹰，当某天抬头看到头顶湛蓝无际的天空，它问自己，这片天空为什么不能是我的？于是，它让自己成了鹰。

——中国赴利比里亚维和一等功臣梁史卓

2016 年 9 月，天空湛蓝，如同被水洗过一般，这是一年当中最好的季节。

由广西壮族自治区公安边防总队独立组建的中国第五支赴利比里亚维和警察防暴队，于 2017 年 3 月出发，赴利比里亚首都蒙罗维亚任务区，执行为期一年的国际维和任务。

从 2013 年至 2017 年，中国每年派出一支维和警察防暴队赴利比里亚执行维和任务。

第一支由黑龙江省公安边防总队独立组建，140 名官兵（共选拔 150 人，留下 10 人备用。第二至第五支队伍同样），2013 年 10 月出发，2014 年 7 月凯旋。

第二支由内蒙古自治区公安边防总队独立组建，140 名官兵，2014 年 6 月出发，2015 年 4 月凯旋。

第三支由山东省公安边防总队独立组建，140 名官兵，2015 年 3 月出发，2016 年 3 月凯旋。

第四支由浙江省公安边防总队独立组建，140 名官兵，2016 年 3 月出发，2017 年 4 月凯旋。

第五支由广西壮族自治区公安边防总队独立组建，140 名官兵，2017 年 3 月出发，2018 年 3 月凯旋。

中国第五支赴利比里亚维和警察防暴队，下设 1 个指挥中心、3 个行动分队（每个分队又设 3 个小队，每个小队 10 名战斗员）、1 个政工组、1 个后勤分队。

按照联合国授权，中国第五支赴利比里亚维和警察防暴队主要履行以下职责：配合、支援联合国维和警察及利比里亚国家警察执法，紧急情况下给他们提供必要的帮助；处置群体性突发事件；参与大型公共活动的安全保卫；极端情况下对平民提供保护；负责要人（重要人物）的警卫；为联合国机构、设施及人员提供安全保护；帮助组建和培训利比里亚国家警察；执行巡逻勤务等。

这是一支特殊的队伍。

2017 年是利比里亚战乱平息后的第 14 个年头，根据联合国安理会第 2333 号决议，联合国驻利比里亚特派团（以下简称联利团）军事人员已从 1240 人裁减至 434 人，民事警察也从 132 人裁减至 50 人。任务区也仅保留精干的两支维和警察防暴队——中国维和警察防暴队及尼日利亚维和警察防暴队值守。

中国维和警察防暴队是一支被称为“维和铁军”的队伍。

这支队伍从严治警，以卓越的表现展示泱泱大国的风范，执行各类勤务 730 多批次，安全出勤 8200 多人次，动用车辆 3500 多辆次，安全巡逻近 11 万公里，7 次长途巡逻，覆盖利比里亚全境 15 个州，路程可绕赤道 2 圈。警告、驱离企图潜入营区的不明人员 16 批共 45 人，协助抓获、查获犯罪嫌疑人 19 人，确保了联合国与利比里亚高层顺利会晤及利比里亚总统大选的顺利举行。实现“零违纪、零投诉、零事故”，完美体现了中国智慧和中国力量。联合国纽约总部记者撰文，向全世界宣传和推广这支队伍的感人事迹。联利团行为纪律小组组长内德玛称赞说：“你们做得太好了，为联合国军警树立了恪守纪律的模板，是各国维和军警学习的榜样！”

2017年，又是利比里亚的大选之年。周期性动乱是不发达国家大选之年的“常规动作”，抗议游行、流血冲突、广场暴力、群体事件层出不穷，针对外国人的武装抢劫、入室盗窃等案件也频繁发生。驻利比里亚华人华侨的生命财产安全受到严重的威胁。

待利比里亚大选结束，新一任总统宣誓就职，利比里亚的社会治安秩序逐步走上正轨，联合国便可关闭任务区，中国第五支赴利比里亚维和警察防暴队随联利团及其他国家派出的维和部队一同撤出，将维护和平的权力交回到利比里亚人民手中。

维和选拔通知下达时，梁史卓正在办公室里。入伍11年的他，此时是防城港市边防支队政治处宣传科的一名副连职干事。

他天生大脑门，眼睛也挺大，可惜眼神太忧郁了，眉心皱出了一个“川”字，我想，如果脑海中没有汹涌的波涛在翻滚，他怎会把自己弄成这个样子？

不过还是他的好友了解他：“就是给自己定的目标太高了呗，为达到这个目标，他把自己逼成了一条‘军犬’，玩了命地往前跑。”

一次训练，梁史卓在铺满煤渣的跑道上跑得上气不接下气，他问班长：“我什么时候才能停下来？”班长没好气地在他耳边吼道：“直到没力气跑的时候！”他立即闭了嘴。为什么？因为这不仅是班长的回答，也是他自己的回答。

这是一位有着远大抱负的年轻人，但日复一日、年复一年的机关工作，让他对自己产生了那么一丝怀疑，理想离自己是不是越来越远了？假如给他一艘宇宙飞船，他还能不能追上理想的脚步？

正当梁史卓为此事苦恼时，一束“维和”之光从遥远的天际向他投射，使他深入骨髓的倔强瞬间被激活。因为维和不只是他一个人的梦想，也是他的父亲——一个曾在广西边防服役3年的退伍老兵的梦想。

此次选拔，广西壮族自治区公安边防总队5800多人，有近3000人报名。经过初选（首先要过体能关，测试项目有3公里跑、俯卧撑、引体向上等），仅有500人符合条件。

那天，梁史卓把背囊往车上一扔，在热辣辣的9月阳光照耀下，从防城港来到南宁武警直属一支队，参加维和培训。

此时，他的妻子已怀孕4个多月。

“至少踏上了，不是吗？”他那好强的嘴角往上翘着，配上文字，给好友发了一段晃动着“剪刀手”的视频。

此次培训如获通过，还将接受公安部及联合国近乎残酷的两轮考核。如果全部过关，他将肩负祖国和人民的重托，奔赴利比里亚，执行为期一年的国际维和任务。

过去，他只知道训练艰苦，但无论如何都想不到进入培训基地便等同于进入了炼狱。机械的强迫式训练、诱导式训练等，使用最多的是综合训练法。他觉得自己在培训基地就像一只狼狗，休息时间被没完没了的训练榨干不说，酷热又几乎把身体里的水分烤干。人在跑道上狂奔，橡胶鞋底与脚下的煤渣粘在一块，融化成团；头发烤得如同方便面般弯曲翻卷；脚下在不断发力，头皮也不安分，持续发出“吱啦啦”往外冒烟的声音；脸上先是冒汗，最后冒出的已经不是汗，而是油。

当他头晕目眩，两条腿像面条一样软塌塌地往下挂，心里想着回到宿舍什么也不干，痛痛快快倒在床上时，只听到一个声音在耳边吼：“要么给我跑到西非，要么滚回老家！”

听到这个声音，他振作起来，继续向前狂奔……

他深深地知道，体能是一切的基础。

体能，是蓝盔部队的第一道门槛，是参加维和必不可少的一张入场券。

经公安部考核，此轮共有150人留下，梁史卓在150人的名单当中。其中还包括中国人民武装警察部队学院维和警察培训中心的教员李亚斌（后来分配在政工组）、王亚微（后来分配在指挥中心）。

第二道门槛是维和课程培训。经过测验，150人全部留了下来。

第三道门槛是为期3个月的封闭式强化训练。

2016年11月，150名胜出者赴河北廊坊中国人民武装警察部队学院维和警察培训中心，接受严格的训练。

训练项目：实弹射击、战场救护、安全防卫等军事素质，还有国际法、外交礼仪、英语交际等综合能力。

这一年，廊坊的第一场雪几乎与他们同期抵达。

在零下20多摄氏度的极寒天气里，每天近10个小时的实战训练，让学员们着实有些吃不消。

张前明是南方人，他的感受最深刻。战术训练时，一层层雪花堆积在头盔上，能把压在头盔下面的脑袋冻僵。枪的准星被大雪盖得严严实实，想瞄准并不是一件容易的事。

每个学员脸上都被冻得通红酱紫，像要烂掉的红苹果。天实在是太冷了，你曾试过脚上套三四双袜子，把衣服一层层像裹粽子般往身上套吗？张前明就是这么干的。过后他嘿嘿地笑着说，即便这样手脚照样被冻得不听使唤。

这还不是最难受的，最难受的是人群控制训练那段时间，那时正逢雾霾严重的时候，电台、电视台都在轮番提醒，雾霾天气尽量减少外出，如果出门，请戴上口罩。

训练能戴口罩吗？显然不能。

在雾霾中训练，就像在沙漠里艰难行走，大风裹着大量的沙粒迎面扑来，强制性地灌进嘴巴、眼睛和鼻子，那难受劲儿，估计没几个人体验过。这种情况张前明是头一回碰到，而且毫无退路，只有迎着雾霾，“面目狰狞”地与呼吸困难搏斗……

吴战师，原为广西龙邦边防检查站勤务中队战斗班班长，2012 年入伍，曾 2 次参加广西壮族自治区公安边防总队特战比武集训，成绩优异；2 次被评为“优秀士兵”，获得过 3 次嘉奖，是名副其实的军事骨干和带兵班长，人称“战狼”。

和平时期，军人没有机会走上厮杀声震天的硝烟战场，而蓝盔部队可以走出国门，为祖国建功立业，释放青春的激情。因此，几乎每个军人都有一个维和梦。吴战师也不例外。

他凭着过硬的心理素质和军事素质，一路过关斩将，终于跨进了维和警察培训中心的大门。

在漫长的 3 个月集训中，无论是倾盆大雨还是雾霾天气，这个富有“狼性”的战士，每天跑完重装 5 公里，脚踝肿得如碗口般粗；战术训练时，作战靴把脚磨得全是血糊糊的水泡，每次穿鞋脱鞋都是一件痛苦万分的事；为提高枪械分解结合的速度，他的手被卡出一道道血口子，只能用绷带缠着。第二天，大家以为他会休息，一到训练场，依然看见他奔跑的身影。

最终，吴战师用累累伤痕，用减掉的十几斤肉，换来一张全优的成绩单。因射击成绩特别优异，他被推选为狙击手。

联合国的甄选如期而至。

2017 年 1 月 15 日，联合国主考官罗米提先生在中国人民武装警察部队学院的领导和教员的陪同下，一路踏着咔嚓作响的冰碴，来到学员们面前。他颇有雕塑感的五官，毫无表情，似乎在告诉大家，规则是一块铁板，考核如果不过关，去西非，去利比里亚？没门！

结果让罗米提先生简直不敢相信，这些高矮胖瘦并不整齐划一，年龄差距也很大，最大 42 岁、最小只有 20 岁的边防官兵，取得的成绩却几乎完全一样。

英语语言能力考核，所有英语队员以全优成绩通过了英语阅读理解、听力、写作和面试考核。

汽车驾驶技能考核，所有驾驶员一个不落，驾驶车辆全部一次到位、一次过关。

枪械分解结合考核，全体队员均比联合国考核标准快 1 ～ 2 分钟。

射击考核，全部高、精、准命中目标。

战术行动能力评估，按照联合国制定的武力使用原则和培训教程规定，队员们依次进行了班组战术、人质解救、要人警卫、人群控制四大项 40 多个科目的战术演练，良好的单兵执法执勤及协同执法执勤能力得到了很好的展现。

一句话，经过 90 多天的封闭式强化训练，队员们以“全员、全科、全优”的成绩，通过了联合国严苛到极点的选拔考核。

联合国主考官、中国人民武装警察部队学院的领导和教员，都非常满意。他们赞不绝口，与学员们一一握手道贺。

罗米提先生一反之前的严肃，微笑着说：“你们的表现称得上无与伦比，我将考虑把这支维和警察防暴队的训练水平作为将来联合国维和选拔评估的新标准。谢谢你们的全力配合，谢谢！”

依依离别情

杨远方报名参加维和时已 36 岁，虽然不是队员中年龄最大的，但也足以被绝大多数队员称为“老大哥”了。

此次维和，杨远方竞争的岗位是后勤分队长。

他长相并不粗鲁，相反还挺斯文，却是一个遇事埋头干，不把事情做好不罢休的“蛮牛”。

自打竞争后勤保障岗位起，他就想，利比里亚自然环境恶劣，粮食紧缺，终年高温，卫生条件差，流行性脑脊髓膜炎、疟疾、埃博拉出血热等疾病肆虐，面对如此局面，如何保障在利比里亚长时间工作、生活的顺利进行呢？

兵马未动，粮草先行。

每天晚上，一拨年轻人在他的带动下来到会议室，你一言我一语，讨论后勤物资的采购、运送等事宜。

从牙签、牙刷、毛巾到胡椒粉、豆腐乳、辣椒酱，从清凉油、藿香正气水到卫生巾等，全部纳入了采购计划。

总是往会议室跑的这拨人，最终全部竞争上了后勤保障岗位。黄铭任军械员兼后勤分队教导员，杨远方任后勤分队队长，杨宗楷任军需、伙食保障组组长，姚佳位任车辆维修组组长，李志生任水电、营房组组长，李丽梅任医疗卫生组组长，谷和威任通信组组长；另有各组组员若干。

这年的春节，年糕、年粽杨远方吃到嘴里都分辨不出是甜还是咸，满脑子装的都是维和物资。

按照惯例，每支防暴队出发前，需派先遣队去往任务区，与前一支防暴队进行营区及物资交接。

2017 年 2 月 26 日，中国第五支赴利比里亚维和警察防暴队先遣队登上客机，去往利比里亚。

先遣队由队长、副队长、联络官、行动官、执勤官、医疗官、后勤官等 30 人组成。指挥中心主任王振江任先遣队队长，防暴队副队长张宏任先遣队副队长。

2017 年 3 月 5 日上午，汽笛一声长鸣，载满维和物资的船只离开钦州港，驶向利比里亚。

同日下午，广西壮族自治区人民政府在南宁吴圩国际机场举行仪式，欢送中国第五支赴利比里亚维和警察防暴队出征。

除先遣队外，其余 110 名维和队员将从南宁飞往北京，前往公安部边防管理局后勤训练基地集结。

5 天后，他们将由北京启程，向利比里亚维和任务区进发。

踏出国门之前，他们早已经向党、向祖国、向人民做出庄严的承诺，为了维护世界和平，为了履行军人职责，担当如山使命，他们签下了“生死状”。

对防暴队队员的亲属来说，送行，意味着离别、牵挂和 365 天漫长的等待。

出征时，防暴队政委陈利华的妻子，仰头望着身高一米八三、帅气逼人的丈夫，想到这一去，就要忍受长达一年的思念与翘首盼望，她不觉红了眼框。但转念一想，丈夫是一名军人，军人以服从命令为天职，她不能为了一己之私拖他的后腿，更不能给他丢脸。于是，她强忍着快要掉下的眼泪，笑着说：“去吧，放心去吧，我等你回来。”

防暴队队长蓝卫宇，此时正抱着刚满月的孩子，亲了又亲，不愿松手。孩子尚未取名，这时这小人儿眼睛睁得大大的。蓝卫宇心想，这孩子再次见到自己的时候，也许已经能用稚嫩的声音喊“爸爸”了。

记者拿着话筒，拨开人群挤了过来。她要采访蓝卫宇。

提起维和，蓝卫宇的心情既复杂又激动，更多的是不舍：“复杂，是因为作为一队之长，觉得自己肩上的担子很沉很重，既要完成联合国交给我们的任务，又要确保每个队员的人身安全。激动，是因为代表祖国出征，不是每个人都有这种机会的。至于不舍，是一万个不舍得离开自己的家庭，不舍得离开我最亲最爱的家人。”

防暴队行动二分队四小队队长吴茂辉，人称老吴。他的妻子此时已怀有 9 个月身孕，这几天，妻子感觉肚子正在一点点往下坠，已有了要生的迹象。但她顾不了这么多了，对丈夫炽热的爱和巨大的荣誉感促使她挺着大肚子，牵着不到两岁的女儿来到机场。“爸爸抱，爸爸抱。”女儿哪里知道什么叫离别，哪里知道爸爸要去很远很远的地方，在那里生死搏斗，也可能会牺牲，再也见不到挚爱的亲人。但她聪明的小脑袋转了转，还是从妈妈眼里含着的泪水感觉到了什么，因此一味腻在爸爸的怀里，谁也要不下来。看着正在逗女儿开心的丈夫，妻子的眼泪像断了线的珠子滚滚而下。

政工组宣传干事梁史卓，此时儿子出生才 1 个多月，由于身体原因，正待在保育箱里。想起年幼的儿子及产后还要为儿子操心的妻子，他的泪点开始降低。

防暴队行动三分队教导员胡泉，孩子是他在廊坊培训时出生的，此次去利比里亚执行维和任务，孩子成了他最大的牵挂。“怎么过呀，这一年这么长。”望着送别的人群，他忍不住这么想。

驾驶员兼战斗员韦飞龙，23 岁，他性格腼腆，出征时到机场送行的亲友较多，倒让他有点不好意思起来。出征仪式他家一共来了 12 个人，大伯、二伯等都从广西河池老家赶了过来。韦飞龙后来说：“送行那天，廖鹏飞和我一样，家里也来了十几个人。‘阵容’如此庞大，花费肯定大，光是住酒店，就花了不少钱。”

同是驾驶员兼战斗员的黄文聪，出征时妻子已有 4 个多月身孕。他说，他不想让妻子看到自己愧疚的表情和不舍的泪水，所以不让妻子送行。如果妻子来了，情况会怎样呢？他说，他会联想到孩子呱呱坠地时自己不在身边，不能亲眼见证孩子的出生，不能安慰忍受痛苦的妻子，心里会很难受。因此，他是带着对妻子的牵挂、对孩子的愧疚踏上征途的。

不让亲友送别的，还有何思达。何思达从小跟着爷爷奶奶生活，他只跟爷爷奶奶亲。他心里想，爷爷奶奶年纪大了，身体也不好，这次出国维和，就不麻烦他们舟车劳顿，大老远从湖南老家赶过来了。

比何思达小 10 来天的堂弟何思华，与他同在一个部队服役，同一天报名参加维和选拔，同一天通过考核。同样，堂弟也没让亲属千里迢迢前来相送。

不忍亲人相送，是不愿与亲人洒泪而别。他们坚信，他们从利比里亚凯旋时，无论风雨，都会有亲人迎接。

2017 年 3 月 10 日下午，公安部党委成员、部长助理王俭及公安部维和警察领导小组成员单位有关负责同志，在公安部举行仪式，为中国第五支赴利比里亚维和警察防暴队壮行。

王俭为防暴队授旗。

踏出国门之前，头戴蓝色贝雷帽的防暴队队员身姿挺拔，整齐列队，面向国旗庄严宣誓：

“请祖国和人民放心，我们一定圆满完成任务。”

当天晚上，一架飞机从北京首都国际机场起飞，飞机上坐着 110 名中国维和警察防暴队队员，他们去往的目的地是利比里亚首都蒙罗维亚。

别了，祖国。别了，亲人！

第二章　哦，利比里亚！

利比里亚速览

利比里亚距离中国约 13000 公里，中国第五支赴利比里亚维和警察防暴队的队员，乘坐飞机需要 26 个小时才能达。

利比里亚 1847 年建国，是非洲历史上第一个黑人共和国，有着“非洲门户”之誉。利比里亚位于非洲西部几内亚海岸北面，具体位置为西经 7° 40′～ 11° 20′、北纬 4° 20′～ 8° 30′。西南面是大西洋，西北与塞拉利昂接壤，北接几内亚，东连科特迪瓦。

利比里亚属热带季风气候，年平均气温 25℃。

利比里亚一年没有四季之分，只有旱季和雨季。11 月至翌年 4 月为旱季，5 月至 10 月为雨季。利比里亚年均降水量约 5000 毫米，是西非海岸乃至全球范围降水最多的地区之一，其首都蒙罗维亚素有“非洲雨都”之称。

利比里亚国土面积小，仅有 111370 平方公里，约占整个非洲大陆面积的 1/268；利比里亚知名度小，虽然它的国名比位于北非的利比亚只多一个字，但知名度却被利比亚甩到十万八千里之外；利比里亚人口少，仅有 480 万人。

这个面积仅有广西一半的国家是个农业国，农业人口占全国总人口的 72%。总耕地面积 380 万公顷，但已开发耕地还不到全部耕地的 13%。

这个国家的人民经常吃不饱饭，被联合国评定为世界最不发达国家之一。

利比里亚有 537 公里的海岸线，隔着大西洋与南美洲遥遥相望。它的东南面比尼日尔河三角洲以西的任何非洲沿海地区更靠近赤道，与巴西相隔仅 2570 公里，是非洲大陆距离南美洲大陆最近的国家，“西非门户”指的便是它。

利比里亚的国徽极具象征意义：在蔚蓝色的大西洋海面上，一艘航船扬起风帆，满载着已经获得自由的美国黑人奴隶，回到祖先生活的土地。半轮旭日浮出海面，天穹垂下阔大的金幔，预示这个国家的前途无限光明。一只口衔和平文书的鸽子飞上蓝天，将福音传递给人类。绿色国土生长着一棵高大的椰子树，是撒哈拉以西热带雨林的意思。从树下放置的农具可以想见，这是一个以农业为基础的国家。徽章上下各置一条饰带，分别写着“我们因热爱自由而来到这里”和“利比里亚共和国”。

据资料记载，利比里亚内战前后分为两个时期，前期为 1989 年 12 月由查尔斯・泰勒发动的反政府武装斗争。1997 年 2 月，查尔斯・泰勒当选总统，以武力统一全国。但查尔斯・泰勒上台后，利比里亚的经济状况并未得到好转，人民的生活水平也没有得到改善，导致战争再次爆发。利比里亚内战的结果是查尔斯・泰勒被迫辞职，并流亡尼日利亚。到 2003 年 10 月，利比里亚由联合国维和部队接管，并开始步入和平。在将近 14 年的内战中，发生了诸多令人发指的战争罪行。利比里亚多部族的组成结构在内战中相互对立，相互厮杀，使得整个国家步入争权夺利的泥沼，难以自拔。

利比里亚内战的结果发人深省。一方面，内战中存在的种族灭绝行径，使得国际人权保护的范围不断扩大，对包括战争罪、种族灭绝罪在内的国际刑事犯罪的制裁不容忽视。另一方面，对这场战争的当事国——利比里亚而言，旷日持久的内战彻底摧毁了其国内经济。利比里亚在内战中遭受了重创，这也是其在非洲始终处于落后地位的根本原因。

2003 年 11 月，应联合国要求，中国开始选派工程兵大队、医疗分队、运输分队奔赴利比里亚，参与国际维和行动。

鹰欲飞翔

2017 年 3 月 11 日中午，中国第五支赴利比里亚维和警察防暴队乘坐的飞机缓缓降落在利比里亚首都蒙罗维亚罗伯茨国际机场。

此时正值利比里亚的旱季，艳阳把飞机表面红白色的漆烤得炽烈耀眼。

舱门打开，最先出现的是一面鲜红的写着“中国第五支赴利比里亚维和警察防暴队”的队旗。

擎旗手名叫李想，只见他高举旗帜步下舷梯，接着是防暴队政委陈利华、队长蓝卫宇，其余队员紧随其后。

中国第五支赴利比里亚维和警察防暴队共有 140 名队员，其中男队员 136 名，女队员 4 名。年龄最大的 42 岁，最小的 20 岁，平均年龄 26.8 岁。他们分别从广西、云南、湖南、山东、北京等 17 个省（自治区、直辖市）应征入伍，分属汉、壮、瑶、水、彝、回、侗、佤、白、布依、土家等 11 个民族。

这些队员近一半是独生子女（66 人），他们在家里是父母的掌中宝，来到部队这个大熔炉，尤其到了远在西非的利比里亚，就如同雏鹰学飞。羽翼未丰的雏鹰，在学飞的时候不是被老鹰从崖壁上推下去，就是摔了不知多少个跟头，置之死地而后生，才学会在高空飞翔。

他们要学习飞翔，他们要翱翔天际。但并不是人们所想象的身穿防弹衣，手握冲锋枪，在炮火连天的战场与敌人短兵相接，最终赢得胜利。如果不是这样，真实情况又是怎样的呢？

梁史卓在《逆战而行》中写道：

“你们在那里打仗吗？”

“没有。”

“那你们在那里做什么？”

“随时准备迎接任何战斗！”

……

是的，一个和平的环境，并且恰逢一个和平的年代，让许多沉浸于此的人们对炮火抱有许多想象甚至是神往，这只是一种对未知的好奇。如同真正优秀的战争电影，不是让人恨不得与刀枪不入的主角一同冲锋陷阵，将敌人碾得粉碎，拯救世界，而是让观众看后沉默不语进行反思、反战。利比里亚一年维和时光的所见所闻所思，让队员们的热血有了新的温度，让他们对和平、对战斗、对当代军人的使命有了更深层的理解。

是的，不主动挑起事端，所配备的武器也是轻武器，而且按照规定，即使是轻武器也不可滥用，只能用于紧急情况下的自我防卫。但身处维和一线，需要承担风险，需要做牺牲的准备，和志虹等维和英烈便是其中的代表。

符合条件参加维和的边防部队官兵，即便知道这一去很可能会回不来，但还是义无反顾地去了。更何况，报名的时候他们当中有的父母已经罹患绝症，也许等不到儿女从国外回来；有的孩子刚刚出生，不能亲眼见证孩子的成长；有的妻子眼看就要分娩，却无法陪伴其左右；有的新婚燕尔，就与爱人天各一方……但他们还是去了，毅然决然地去了，目的何在？为什么要这么做？

在原广西壮族自治区公安边防总队（现广西壮族自治区出入境边防检

查总站）办公室，有一本厚厚的《中国第五支赴利比里亚维和警察防暴队集训队员名像册》，打开名像册，找到“维和目的”一栏，满眼都是“锻炼自我，开阔眼界，提升素质”“锻炼自己，实现自己的梦想”“锻炼提高自己，让军旅生涯多一些色彩”“锻炼自己，为国家出一份力”的字眼。这时我才恍然大悟，其实报名之初他们的目的早已经明确，就是通过一年的维和生涯，开阔自己的眼界，塑造自己的品格，磨炼自己的意志。

庭院中跑不出千里马，花盆里种不出参天树。劲松的枝干需要在风霜雨雪中长成，雄鹰的翅膀必须在电闪雷鸣中练就。自然环境恶劣、政治生态复杂多变的利比里亚，正是练“翅膀”的好地方！

安营扎寨

利比里亚首都蒙罗维亚，位于大西洋沿岸梅苏拉多角和布什罗德岛上，战略地位十分重要。它就像一块坚固沉重的巨石，据守着圣保罗河的入海口。

一座肩扛利比里亚国旗、手持冲锋号的非洲妇女铜像，表明“独立与自由”是生活在这里的人们的理想。

蒙罗维亚自由港内，二三十间蓝色屋顶，白色墙面，大、小两种规格的集装箱活动板房，就是中国维和警察防暴队的营区了。

防暴队的 140 名队员，将在这个占地十几亩的营区里，度过 365 个维和的日日夜夜。

大部队到达营区时，这里刚经历过一场暴风雨的洗礼，碗口粗的树被刮倒，铁皮房顶被掀翻，哨楼也被吹得东倒西歪。

先遣队员说，他们到这里的 10 多天里，可是遭了罪了。虽说当时不是利比里亚的雨季，但暴雨也是频频造访。他们到达时，前一支防暴队还未撤离，只能腾出两间集装箱板房给他们住，每个集装箱板房住 15 人。先遣队员彭思杰，第一天晚上睡到半夜，梦见自己在瀑布底下玩耍，睁眼一看，原来是外面下起了暴雨，水从房顶漏下，漏得到处都是，用脸盆、提桶接都接不及，床铺被褥都淋湿了。风很大，门窗被大风吹开，他和另一名队员合力顶住房门，有人忙着去关窗，用铁丝拴住门窗，忙了好一阵，直到门窗关严实了，才能坐下喘口气。

“先遣队的队员们，你们辛苦了。”大部队的队员说完，便拿起行李进了自己的宿舍。刚进房间，一股恶臭便迎面扑了过来，原来房间里的木地板已经霉变腐烂，底下是架空的。

营区基础设施建设，是中心任务得以圆满完成的基础。防暴队临时党总支马上决定，对破损的营区设施进行修缮和加固。

大部队征尘未洗，又投入到另一场战斗中。

碎石、沙土和水泥运到之后，队员们就扮演起泥瓦匠和搬运工。拆除旧地板、铲沙石、和水泥，干得热火朝天。装混凝土的工具是花盆和废弃的脸盆。队员们排成一排，一盆盆混凝土在大家手中传递，铺到了宿舍的地面上。又将 900 多平方米的屋顶修葺一新，并粉刷了墙面。

除了翻新宿舍，修建枪库、哨楼、健身房、游戏室、图书馆、音乐室、篮球场、足球场，挖土沟，铺设石子路面，以及营区外除草、清理杂物等，均需要人力完成，他们大干加巧干，仅用十几天时间，就让营区旧貌换了新颜。

哨楼下的险情

中国第五支赴利比里亚维和警察防暴队营区所在的蒙罗维亚自由港，人员构成复杂，保安、司机、装卸工、调度员、验箱员……各式人在这里讨生活，累得腰都直不起来，也挣不到几个钱。这是最郁闷的一群人。而人就是这样，郁闷无处发泄时，脾气便好不到哪里去，一件小到不能再小的事，都会让他们吵得面红耳赤，吵不赢就打。因此，在自由港，吵架、打架是经常发生的事。

品行差的人，便打起了港口物资的主意。保安大意、懈怠的时候，正是他们作案的时机。他们翻墙入室，撬锁砸柜，盗得港口物资便拿到外面卖钱。他们是硕鼠，也是定时炸弹，给防暴队营区埋下了极大的安全隐患。

钟贻金，防暴队行动三分队八小队队长，站哨时就曾遇到有人以草丛做掩护，或者趁着夜色从大海一侧上岸，潜入营区破坏联合国设施、盗窃防暴队财物的事。经哨兵呵斥、警告及探照灯扫射，窃贼的阴谋虽未能得逞，但敲响了防范不法分子进入营区的警钟。

设置哨楼，安排哨兵 24 小时站哨执勤，是防贼防盗最有力的措施之一。

防暴队在营区周围共修建了 7 座哨楼，每座哨楼由 4 根粗大的木桩作为支撑，稳当且牢靠。哨楼顶上及四面环绕的铁皮，刷着蓝色的漆，与防暴队队员头顶的蓝盔、脖颈的蓝巾相映相衬，协调一致，好看而且耐看。

防暴队营区的安全防护设施，均按照联合国维和部队营区防御的要求建设，并且在原有基础上强化升级，把安保能力提升到最高级别。比如，在哨楼与哨楼之间设立 6000 平方米警戒隔离区；安装电子围栏 330 米；铺设蛇腹形铁丝网 680 米；还安装了智能监控系统，该系统连接营区 22 个高清视频监控摄像头，通过防暴队的局域网连接至 1 号哨位的电脑终端及防暴队领导的手机 APP。此外，还在营区布设护卫犬 14 只，打造联防、人防、物防、犬防和智防“五位一体”的立体防控体系，实现了营区警卫全方位、全时段、全天候、无死角监控和网上巡查。

从此，防暴队有了一面自我保护的“金盾”。

一天晚上，营区警卫抓捕小组向 1 名企图进入营区实施盗窃的当地男子厉声喝道：“我们发现你了，举起手，慢慢走出来！”

原来这名男子企图趁着天黑，潜入防暴队营区偷盗，但让他万万没想到的是，当他刚接近铁丝防护网时便触动了电子围栏，立即被营区监控系统锁定。

在强大的武力震慑下，窃贼只能束手就擒。

另一个月黑风高之夜，哨兵通过智能监控系统和夜视仪，发现营区附近出现多名可疑人员，防暴队立即启动预案，一举抓获 6 名犯罪嫌疑人并移交给比里亚海港警察。翌日，海港警察官员专程来到防暴队营区致谢，称赞防暴队信息准确、行动迅速、处置专业，帮助他们抓获了一个长期在港口猖狂实施盗窃的犯罪团伙。

采访时队员们跟我说，在防暴队营区所有哨楼中，最著名的要数营区大门口那座以“忠诚”命名的哨楼了，此为营区的 1 号哨楼。还有取自公安边防部队先进基层单位名称的三都哨、罗家岙哨、沙头角哨、红其拉甫哨。隘口哨以广西壮族自治区公安边防总队隘口边防派出所命名，满洲里哨以我国著名的陆路口岸内蒙古自治区城市满洲里命名。

其中最高的是隘口哨，高七八米（其余哨楼均为三四米），有两三层楼的高度。站在哨楼上，营区东侧、南侧自由港区人们的一举一动尽收眼底。同时与北面的满洲里哨遥遥相望，彼此呼应。

在每个哨楼的醒目位置，都飘扬着五星红旗，张贴着大字标语。沙头角哨张贴的是“为人民全心全意，对祖国赤胆忠诚，保本色拒腐防变，守边关无私奉献”，红其拉甫哨是“特别能吃苦，特别能战斗，特别能忍耐”，隘口哨是“南疆国门第一哨，爱洒边关铸忠诚”，这些极具边关特色的标语口号，被移植到了距离中国约 13000 公里的非洲西部国家利比里亚。

哨楼是哨兵恪尽职守的阵地，是保护营区安全的第一道屏障。在这方寸之地值守的日日夜夜，是队员们最值得回味的一段人生经历。

作为全勤式战斗序列单位，防暴队的每名队员一周 7 天，一天 24 小时，均是在高强度的执勤、备勤的角色转换中度过的。精神高度集中不用说了，单是身体上的劳累，如果没有坚强的毅力和信念作为支撑，是无论如何也扛不住的。

而给哨兵健康造成最大损害的，则是蒙罗维亚自由港装货、卸货时产生的扬尘，汽车、船舶尾气排放造成的大气污染，以及非洲北部撒哈拉沙漠随风飘来的大量沙漠尘土。

每当轮船到港靠岸，把装满货物的集装箱卸下，早已停靠在港口周边的货车便涌上码头。这些货车不仅外表老旧，内部结构也极其老化，每次发动，排气口必“突突突”地往外直冒黑烟。这些从别国进口的报废车辆，一辆辆从防暴队营区外呼啸而过，废气加上滚滚浓烟，简直可以用遮天蔽日来形容。

就拿粉尘来说，如果长期吸入，对呼吸系统的损害极大，可能会引发肺尘埃沉着病等多种严重疾病，这些疾病就算治好了，预后也不容乐观。

因此，在粉尘最严重的时段，比如旱季和港口经营旺季，哨兵除穿戴必不可少的警务装备外，还必须戴上口罩。如果恰巧码头装卸水泥，再加上沙尘暴，情况就更严重了，整个营区会被灰蒙蒙的浮尘笼罩，几米开外，人和物基本无法看清。此时，戴一般的口罩是不顶事的，须换上级别更高的防尘面具才行。如果这时营区有足量的贮备水，可以把哨楼附近的地面浇湿，减少扬尘给哨兵造成的困扰和危害。

享有“非洲雨都”盛誉的蒙罗维亚，雨季比旱季稍稍凉快一些，港口的扬尘相对少些，传染热带疾病的蚊虫相对也比旱季少些。可是，雨季有雨季的麻烦，雨天站哨，除了必须穿戴的警务装备，雨衣、雨裤、水鞋等一样都不能少。

实际上，雨季站哨比旱季站哨凉快不到哪里去，甚至更热。想想看，整套雨具近 10 个小时密不透风包裹在身上，不被闷出一身汗，那就奇怪了。可话又说回来，这套装备也不是没有好处，夜里气温较低或天气忽然转凉，它的作用就显而易见了。

暴风骤雨对建筑物最具危害性，大风能把哨楼顶上的铁皮整块掀翻。

大雨倾盆而下，让人几乎看不清几米开外正在发生什么，耳朵里只有电闪雷鸣的“噼啪”声和“轰隆”声，以及大雨“哗啦哗啦”从天而降的声音。

如果此时有情况要向上级报告，对着对讲机“说”是没有用的，只有“喊”，提高嗓门大声“喊”，而且要重复“喊”才有效果。

为降低哨兵在极端天气站哨遇到的危险，各哨位附近又设置了备用哨位（设在周边有利的地方，或能遮风挡雨的屋檐以及安全系数极高的装甲车里），遇到港口粉尘严重的时段，或遭遇雷暴天气，哨兵可从哨楼撤至备用哨位继续站哨执勤。

如果暴雨来得特别突然，兼具 10 级以上大风，哨兵首先要做的是妥善安放哨楼里的执勤设备，拔下探照灯及其他电器的插头，以防漏电、触电。做完这些，要撤下哨楼已来不及了。

“红其拉甫哨，哨兵站哨时间 22 时至翌日 6 时，携带 ×× 防暴枪 × 支，执勤情况正常，武器装备良好，下面由你接哨，注意安全！”

“是！”

以上是哨兵交接哨时惯常的用语。

每次交接哨，哨兵都会一遍遍检查手里的武器装备，确保性能良好，确保突发事件发生时不会出现意外情况。

交接哨时，哨兵的敬礼与回礼，是对维和使命的确认，是对铁肩担道义的承诺。

每晚零点以后，哨兵必须每 2 个小时做一次值勤情况记录，以便第二天统一汇总上报。值夜班的队员，站哨时间为 22 时至翌日 6 时，共 8 个小时。

沙头角哨离防暴队的住宿区域最远，因此，队员们常用苏轼《卜算子》的“寂寞沙洲冷”来形容它。在这个哨位站哨，夜深人静时，哨兵往往文思泉涌，随口便能吟出几句感情真挚的诗句来。

多年以后，相信这段站哨经历仍然会保存在每一位队员的记忆深处，闲暇时，可以拿出来细细品味。

一天晚上，连续下了 3 个多小时的暴雨，大家都以为差不多要停了吧，但大雨却依然肆意倾盆而下。

10 时整，该接哨了。防暴队行动一分队一小队战斗队员王荣华，在电闪雷鸣之中到沙头角哨接哨。

一路走来，高筒作战靴已进了不少水，脚下发出“嘎吱嘎吱”的响声，听着都难受。他抬起同样因为进水而发涩发痒的眼睛，看了一会儿天，大雨瓢泼，一点也没有要停下的意思。

“老天爷，难道你要下够 30 个小时才肯罢休吗？”他嘴里嘟哝着。

脚下溅着水花，他一步步爬上了哨楼。

这时，整个蒙罗维亚已沉浸在一片汪洋之中，地面积水有 20 多厘米深，能见度不足 5 米，最低能见度不足 3 米。眼睛往几步开外的白炽灯看，都感觉有点模糊不清。

雨最大时，在哨楼上站哨，下半身通常是湿的。如果刮风，肯定全身湿透。在这种情况下，雨衣便起不到很大作用了，只是摆设而已。

在这样的雨夜，哨兵须打起十二分精神，随时准备与非法闯入者展开周旋。

接哨后，王荣华将遮雨的帘子拉好，又旋转探照灯，把警戒区域仔细扫射一遍。

有情况！

敏锐的觉察力告诉他，光束掠过的那片海域，虽然雨势过大有些视物模糊，但仍感觉不同以往。

他警觉起来，立即打开红外夜视仪，向发出异样的地方看去，果然不出他所料，此时正有 3 名男子划动手臂，朝营区的战备码头游过来。

他果断按下了对讲机的发言键，将情况向指挥中心做了汇报。

巡哨员、快速反应小队迅速赶到。

巡哨员牵着的那只名叫大白的警犬，此时也面朝大海，一阵狂吠。

防暴队的 14 只警犬，是队员们最忠实的伙伴和勤务助手。每次巡哨，巡哨员都把分队的警犬带上。原先只有 3 只，3 个行动分队每个分队分配 1 只。后来母犬产崽，加上联利团成员逐步裁撤，一些国家派出的维和部队为避免警犬成为流浪犬，便把它们送到继续留守的中国维和警察防暴队。于是，队里的警犬家族不断壮大。

见行迹败露，3 名男子便沿海岸线仓皇逃走了。

警情解除。

雨终于停了下来。王荣华看了下表，此时已是利比里亚时间凌晨4时，不知为何，他忽然想起了辛勤顾家的妻子和活泼可爱的孩子……他的眼睛湿润了。

哨兵在哨楼站哨，对外，要防范心怀不轨之人越过防线，潜入营区实施盗窃；对内，要密切关注营区设施是否安全，发电机是否正常运转，营房周围的排水设施是否畅通。这些都需要哨兵做出准确的判断，如感觉情况异常，须第一时间向上级汇报，以免造成集体财产的损失。

站哨的队员辛苦，巡哨员和负责营区内部巡逻的队员更是奔波劳累，不说刮风下雨，就是下刀子也要沿着营区一遍遍地巡逻，查看铁丝网圈是否遭到破坏，有没有不法分子趁恶劣天气钻到营区里面来。

为防雷防电，没有紧急情况对讲机是尽量不开的。对讲机不开，又必须与各哨位保持联络，便全靠巡哨员和营区巡逻队员的两条腿了。他们一步步走着，水花在脚下飞溅，雨水顺着额头流进眼睛、流进嘴巴，灌入他们的领口……

此时气温并不低，但他们却感觉身上冷飕飕的。有人走着走着便得了风寒，回去就病倒了。

在蒙罗维亚漫长的雨季，哨兵们就是这样，风里来雨里去，随着勤务的轮换周而复始地工作着。走过的是日子，记忆却沉入了心底。

在维和任务区，执行营区警卫任务的队员，除完成常态备勤和快速反应任务外，每名队员每次站哨均达8个小时，每周累计站哨50多个小时。一周之内，所有队员都得在每个哨位轮值一遍。

那么，队员们每天站哨执勤的地方，有些什么样的特点呢？有啊，队员们说，哨楼各具“哨位风情”——忠诚哨旁那棵碗口粗的杧果树，绿影婆娑，天气炎热时，会给哨兵带来阵阵阴凉（不过树上藏有杧果蝇，站哨时必须把衣服的领子封好、袖口扎好）；在满洲里哨看日出，景色别致；三都哨最靠近海，这里不但海风拂面，还可观赏到极富浪漫情怀的落日夕照；沙头角哨翱翔的雄鹰和聒噪的乌鸦，组成一幅对比鲜明的动感画面；红其拉甫哨的月色，像给周边抹上一层银白色的霜；帕里哨外的水井旁，总有几个当地男子在洗澡……

哨楼上的一抹和平蓝，是防暴队队员理想信念的体现，也是他们肩上扛着的一份责任。

23:55，帕里哨交接完毕；

00:20，蓝卫宇队长和张宏副队长查哨；

00:25，小队巡岗员王振国巡查至汽车修理厂后方；

00:28，王振国巡查至帕里哨位置，此哨的站哨队员张前明与其对答口令后，提醒其注意防蛇；

00:35，张前明发现帕里哨正前方水井处，有一名当地男子在洗澡；

01:05，帕里哨外围停车场，有一名着长衣、长裤和水鞋，头戴鸭舌帽的当地男子在东张西望，引起张前明的高度警觉。

……

这是某日凌晨防暴队队员查哨、站哨留下的一段记录。

垃圾保卫战

中国第五支赴利比里亚维和警察防暴队抵达蒙罗维亚任务区后，首先是将上一支防暴队留下的物品进行分类，逐一整理，该留的留，不该留的便当垃圾扔掉。让大家意想不到的是，每天从营区犄角旮旯清理出来的垃圾竟有满满的两大卡车。

一到下午，防暴队便派人完成一项“搞不好就会死人”的特殊任务——倒垃圾。

2017 年 3 月 15 日，防暴队政工组干事王雳与战友一道，驾驶车辆装载堆得冒尖的垃圾，到 8 公里外的垃圾场倾倒、焚烧。

倒垃圾，是王雳到达任务区后的第一次外勤。

车队驶出营区，驶上了高低不平的公路。

车子开出不多远，大家就从后视镜里发现一个情况，车后竟然长出了一条长长的“尾巴”。原来是一群当地人，他们大张着嘴，呼哧呼哧跟在汽车的后面跑。

王雳惊得嘴巴张大了，尾随的人群当中，还有不少孩子呢。他们衣着破烂，光着小脚丫，大的十几岁，小的才五六岁。他们的眼睛大而明亮，不失少年儿童的质朴纯真。可惜他们在长身体的时候营养跟不上，头大，肚子大，胳膊、腿却很细小。

在利比里亚全境，笔直而且平坦的公路很少，路面大多坑坑洼洼，旱季漫天泥尘，雨季一路水坑。这样的道路想把车开快一点，那是不可能的。

汽车慢慢地往前爬。速度越慢，越可能出事。

忽然，两个黑影在后视镜里一闪而过。队员们以为看走眼了，凝神再看，没错，是两个小孩扒上了车。

上车做什么？翻垃圾，翻一些他们认为有用的东西。

太危险了，摔下来怎么办，从行驶中的车上摔下来，可能会死亡。情急之中，驾驶员踩下了刹车。

车未停稳，那群跟在车后的人已来到了跟前，身手敏捷地爬上了车。

队员们赶紧下车劝阻，可让人哭笑不得的是，刚把这个劝下，那个又爬了上去。汽车就这样开一段，停下，又开一段，又停下，8 公里路程，用了近 1 个小时才走完。

到达目的地时，队员们的衣服都湿透了。

把垃圾处理完正准备离开时，又有两个男孩打着赤脚，兴奋地朝垃圾场跑来，队员们看见后果断将他们拦下。

王雳问："Hi, kid, how old are you?（小朋友，你们今年多大了？）"

"Nine, my little brother is seven.（我 9 岁，我的弟弟 7 岁。）"

"Why don't you go to school today?（你们今天为什么不上学啊？）"

"We can't afford it.（我们付不起学费。）"

没等说完，他们拔腿又往垃圾堆跑，怎么都拦不住。

据统计，在利比里亚，战争和艾滋病使 34 万儿童失去了父母，70% 的儿童从小流落街头，三分之二的适龄儿童上不起学。

他们是世界上最可怜的孩子，自打出生开始，便生活在饥饿、贫穷和疾病的困扰当中，常年吃不饱饭，他们的童年是不快乐的。

王雳说，每当想起小哥俩看见垃圾时兴奋的眼神，他感到震撼，感到无比心痛。利比里亚，这个 20 世纪七八十年代经济水平曾位居世界前列的国家，竟沦落到如此境地，这是战争给这个国家的人民，尤其是儿童造成的巨大伤害。

让人民远离战争，有饭吃，有衣服穿，是这个国家的责任，也是全世界爱好和平的人们的职责所在。

经历过多次垃圾车尾随事件之后，防暴队不得不采取特别措施，每次倒垃圾，必由一个小队借着夜巡的机会，驾驶猛士车，穿戴警务八件套，外加一根长一米七八的应急棒，全程护卫，完成倒垃圾这项看似简单却极不简单，甚至需要冒很大风险的勤务。

防暴队安顿下来不久，在营区大门外放置了几个垃圾箱，用于倾倒日常生活垃圾。

腐臭的垃圾会招来老鼠和蚊蝇，如果没什么事，队员们都不愿靠近这个又脏又臭的地方。却没想到这里成了当地人常常光顾的地方。有些人每天都在垃圾箱旁蹲守，晚饭后，看见防暴队队员推着垃圾斗车出门，他们便一拥而上，置队员们的大声呵斥于不顾，爬到车上，翻找他们眼里的“宝贝”，有时甚至因为一个空的奶粉罐子你争我抢，大打出手。

女队员张莹，那天正好轮到她倒垃圾，就亲眼看见一个 20 多岁的年轻小伙子，因为抢到小半个已经变质的馒头，便高兴得手舞足蹈，完全像个孩子。张莹叫他扔了，说这个不能吃，不卫生，可他就是不听。“也许他正饿着肚子呢，这馒头对他来说太重要了。”张莹说，她当时难过得只想哭。

有人翻到一件旧衣服、一个空的洗衣液瓶子、一双开了口的雨靴，便无比珍爱地抱在怀里，一个劲地在胸前画十字。

有个当地青年，本以为会因为“扒箱”与防暴队队员结“仇”，没想到却成了好朋友。

那天，队员小张接哨后往营区正门一看，看见一个年轻的身影在垃圾箱旁清扫散落的垃圾。

“嗨！丹尼尔！”

小张高兴地同他打了个招呼。

丹尼尔抬起头，朝小张这边挥挥手，咧嘴笑了，两排牙齿在阳光下闪着光。

大约半小时后，地上的垃圾基本清理干净了，丹尼尔这才拍拍身上的灰尘，吹了声口哨，对小张喊道：“我上班去了，祝你有个美好的一天！”

真是“不打不相识”啊。

这个青年与防暴队的缘分，竟是缘于一次奇特的“扒箱”经历。

听哨兵们说，当时垃圾箱明明上了锁的，但夜里还是有翻垃圾的声音从箱里传出来，难道是老鼠，抑或是流浪猫？打开箱一看，才知道不是，而是人。他怎么进去的？是从垃圾箱上面的缝隙爬进去的。

当地人翻垃圾箱的事，防暴队也不是头一次遇到，以往总是耐心地跟“扒箱”的人说，这么做很不好。第一，扰乱防暴队正常的工作秩序；第二，垃圾箱虽然有缝隙，但相对来说是个密闭的空间，空气不流通，会有各种致病菌繁殖，待在里面，会给身体造成极大的损害。道理讲了无数遍，这些人就是听不进去。你赶他就跑，你走他又来，像猫捉老鼠一样。提起这些人，哨兵大摇其头，连呼无奈。

防暴队领导层认为，这种行为如果不及时加以制止，会给营区的安全带来无穷后患。那就打它个埋伏，抓个反面典型，“惩一儆百”，以绝后患。

晚上 9 时左右，哨兵再次报告，一名男子正在蹑手蹑脚，慢慢靠近垃圾箱，也许，这就是个“扒箱”的。

快速反应小队迅速集结，隐蔽在正门内侧，做好抓捕准备。

果然，这名男子就是冲垃圾箱来的。

他瞟了四周一眼，并未发现有何异常，很快便钻进了垃圾箱里。

时机已到，指挥员把手一挥：开始行动！

队员们呈扇形包抄过去，把垃圾箱围了个水泄不通。

打开箱门。拧亮手电。

几束强光一齐照射，大家看见，在垃圾箱的角落里，一名男子双手遮挡着眼睛，手在发抖，全身也抖得如同筛糠。

“我错了，请别伤害我，别，别伤害我……”其言也善，其声也哀。

此人正是丹尼尔。

当时，蓝卫宇队长也在现场，这是一个富有同情心的人，他跟队员们说，眼前这个翻垃圾箱的人，不能说他就是个坏人，他并没有杀人越货，只是违反了有关规定而已，我们要用善意打动他，也许以后他就不会再干这种事了。

蓝卫宇忍着恶臭，把头伸进垃圾箱，对那名男子说：“出来吧，我们不会打你，也不会骂你。不过，也许会把你抓进警察局关几天，让你闭门思过，不再犯同样的错误。不会关很久的，几天而已……”

劝了好长时间，丹尼尔才一脸惊恐地从垃圾箱里爬了出来。

据他交代，他和朋友一直在自由港打零工，每天拼命干活，挣的钱还不够吃饭，常常吃了上顿没下顿。于是，朋友们开始盯上了防暴队的垃圾箱，盯上了垃圾箱里的食品残渣和废弃的生活用品。这些朋友不仅拉帮结伙地进垃圾箱“淘宝”，也怂恿丹尼尔去做。此次遭到堵截，他没能逃脱。

丹尼尔有其理由，但他毕竟违反了联合国规章及当地法律法规，不惩处不足以为戒。

移送当地警察局之前，蓝卫宇叫住了他，语重心长地对他说：“贫穷不是你犯错的理由，该处罚的我们还是要处罚，知道不？我们来这里是为了帮助你们的，有什么困难完全可以向我们求助，但前提是你自己要努力。”

拘留5天。警察局从未对“扒箱”的人做过如此严厉的惩处。

拘留期间丹尼尔想了很多，他想起蓝卫宇对他的教诲，想起防暴队到利比里亚之后，给利比里亚人民提供的许许多多帮助。想明白之后，他决定将功赎过，弥补曾经犯下的错误。

防暴队也惦记着的丹尼尔，专门派人到当地警察局回访，了解丹尼尔在拘留期间的表现，询问其有无悔过的意愿。外出巡逻时，也专门探访丹尼尔家，送些生活用品给他的家人。

在拘留所待了5天的丹尼尔，拘留期满释放出来后，听说防暴队曾到警察局了解他的情况，还去到他家，看望他的家人并给予生活上的资助，他的眼泪流了下来。感动之余，更觉得应该去趟防暴队营区，向队员们赔礼道歉。他去了，说了很多个“对不起”，一再表示，以后绝不“扒箱”了。

这可是防暴队队员见过的唯一被拘留，释放后重回防暴队道歉的人，队员们被感动了。

丹尼尔说，自由港这份临时性的工作，是他后来从事的工作，之前，他曾在一家公司当过卡车司机。

防暴队领导想到一个主意，随即拨通了自由港管理机构的电话，推荐丹尼尔到港区作驾驶员。

中国维和警察防暴队推荐的人，自由港管理机构当然信得过。

丹尼尔终于有了一份正式的工作，有了稳定的收入，再也不用去翻垃圾箱了。

知恩图报是一种美德，丹尼尔要报恩，而且是用谁也想不到的一种方式。

每天早上7时左右，在防暴队营区大门处，总能看见一个长得壮壮实实的当地小伙在忙活，他先是将前一晚吹落的树叶清扫干净，再将散落在地上的杂物捡到一边，摆放整齐。

忙完了，该去上班了。一名防暴队队员拦住了他：“你这么做是为了什么呀，丹尼尔？”

“不是你们说的嘛，只有劳动才能过上幸福的生活，所以我要多劳动啊。”他朝这位队员扮了个鬼脸。

从此，丹尼尔与防暴队队员们成了好朋友。不仅是好朋友，还是义务宣传员。他经常劝身边的人，不要再翻防暴队的垃圾箱了，不要再做违法犯罪的事情了。他还说，中国维和警察防暴队教给他一个道理：皮肤虽然是黑的，但做人一定要清白。

他照着做了，新生活从此开始了。

“雨都”水荒

蒙罗维亚有“非洲雨都”之称，年均降水量约 5000 毫米。但因连年内战，政府忽略了对战争垃圾和生活垃圾的管控，致使利比里亚境内垃圾堆积成山，严重污染了当地的淡水资源，导致地表水无法饮用；连年内战，又摧毁了利比里亚的公共设施，其中就包括城乡供水系统。如果国家财政较为宽松一些，这类问题是有望得到解决的，但偏偏利比里亚的资金又异常紧缺，造成国家供水能力严重不足，水龙头经常拧不出水来。即便是政治、经济、文化中心的首都蒙罗维亚，也只能基本保证少数政府机关的日常用水。

因此，在利比里亚，“淡水贵如油”并不夸张，而是实情。买 10 吨水需花费 100 美元左右。

正因如此，驻利比里亚的许多中资企业“自力更生”，从国内运来打井机器，自打深水井，解决员工的用水问题。

而当地普通民众既没有能力打井，又没钱购买淡水，只能直接饮用没有经过净化的、卫生条件极差的地表水。

防暴队指挥中心主任王振江说，他们也曾尝试自己打井，以解决队里日常的用水问题，可打出来的井只出咸水，不出淡水，只好作罢。联利团为所属部队及工作人员设置的供水点，距离防暴队营区有 20 多公里，每天队里都要派 2 辆水罐车到供水点拉水，上、下午各拉 1 次。每辆车可载水 10 吨，每次往返需要五六个小时，如果遇到堵车或下雨（这两种情况经常发生），用时会更长一些。

据了解，防暴队的车辆服役已近 5 年（从第一支防暴队进驻任务区便开始使用），由于长时间在坑洼的路上行驶，每辆车都有不同程度的损坏，经常要进行中等程度的修理甚至大修。

一天晚上 9 时 30 分左右，王振江夜跑后正绕着营区散步，想借海风来消消汗。路过集体洗漱间时，他看见一名端着洗漱盆的队员从里面走了出来。他瞅了一眼那个队员，见他头上、脸上都没有清洗过的痕迹，知道又出问题了。

“主任好！”那名队员停了下来。

“咋啦，又没水了？”

“是的，主任。”

王振江的眉头锁紧了。

他从洗衣房穿出去，往洗手池走。

他边走边想，每天，队员们全副武装执行勤务，或站哨，或开展勤务训练、维修车辆电器……此时虽然正值利比里亚的雨季，但是暴雨过后天色放晴，离赤道最近的太阳依然用火辣辣的热情拥抱大地，队员们常常大汗淋漓，外衣上结了一层又一层白花花的汗碱。每天午饭或晚饭后，他们总喜欢脱去上衣，仅穿制式背心，搬张小马扎，坐在洗手池边那片空地与家人电话和视频聊天。几十个人，坐成一长排，场面蔚为壮观，而不远处就是蔚蓝的大西洋。

王振江有点不解，便问：“为什么只穿背心？”

回答总体一致：“短袖和外套全是汗渍污渍，怕家里人看见担心，所以干脆不穿。”

为了节约用水，队里规定每晚 9 时至 10 时为澡堂开放时间，其余时间除医院、厨房这两个重要的部门供水外，其他部门一律停水。因此，队员们必须在指定时间抓紧洗澡洗衣服，否则时间一过，水就没了。

水资源的极度紧缺，无意中提高了队员们的节水意识，他们用平时收集到的雨水淋菜，用海水冲厕所，衣服尽量用手洗，少开洗衣机……

洗手池已在王振江眼前——洗手池里排着一溜装着脏衣服的提桶、脸盆，里面是干的。

拧了两三圈水龙头，都不出水，只有水管传出“嘶嘶”的气流声。

厨房一侧，几名队员正把连接蓄水罐的水管往海边拉。

他走到营区东北角的满洲里哨，哨楼下方放有2个蓄水量为10吨的蓄水袋。此时蓄水袋空空如也，已无半点存水。

这是2017年9月15日，防暴队到达任务区的第六个月。

王振江叹了口气，就这6个月，营区已陆续停水91天，真让人发愁啊。

王振江头发原本就少，为了全队的用水问题，他愁得头发几乎掉光了。

突然，起风了，稀疏的雨点从天而降，拍打王振江裸露的后颈，他猛一哆嗦，身上起了一层鸡皮疙瘩。前后不过5秒，大雨便倾盆而下，天地间转眼便混沌一片，四周景物即刻被笼罩在一片迷蒙的水雾当中。

每年5月至11月，这里总是大雨、暴雨接连不断，如果不是亲身经历，在年均降水量约5000毫米的“非洲雨都”蒙罗维亚，你说这里三天两头用不上水，肯定没人相信。

回到宿舍，王振江满脑子仍被一个“水”字所占据。忽然，外面传来一阵急促的敲门声。

“谁？”

“二小队队长覃朗。”

王振江打开房门。

“报告主任，明天早上8时，我们需驾驶2辆水罐车外出拉水。”进门后，覃朗向王振江提出申请。

“好的，辛苦了。”王振江边签派车单，边叮嘱覃朗注意安全。

王振江明白，全队每天140口人吃饭，加上洗澡、洗衣服、浇菜等，需用水35吨。队里备有3个蓄水袋，10个蓄水罐，总蓄水量为70吨。

这70吨水，仅能满足全队2天的用水需求。

当然，前提是有人每天驾车外出拉水。没人拉水，蓄水袋和蓄水罐永远是空的。

虽说拉水没有在枪林弹雨中穿行那样惊心动魄，却是执勤风险系数最高的勤务之一。

黄文聪是防暴队中兵龄最长、驾驶经验最丰富的驾驶员，他说风险哪个行业都有，只要积极面对，勇敢迎接挑战，一切困难都能克服！

黄文聪主动请缨，担任外出拉水的专职司机。

这天下午，当黄文聪拉上水，返回至离加百利·塔克大桥约800米的下坡路段时，因为天气炎热、车载过重、车辆老化等，挂低速挡水罐车竟没能放慢速度，点踩刹车也不起作用。水罐车顺着坡道一直往下溜，且速度越来越快。而此时，前方加百利·塔克大桥交通十分拥堵，如果水罐车停不下来，有可能发生车辆追尾，甚至惨烈的连环撞！

情况十万火急！

好一个黄文聪，只见他目不斜视，双手握紧方向盘，左右脚不停地踩离合，踩刹车，踩离合，踩刹车……离前车只剩下10多米了，他便果断拉下了手刹。成功了！车子因惯性的作用还是冲出去了好几米，但最终在离前车不足3米处停了下来。

作为一名在偏远地区服役、磨砺多年的老司机，黄文聪的驾驶技术绝对是过硬的。但汽车修理方面，他是不是也是一把好手呢？只能说，开始不是，后来是了。

到达任务区后，为熟悉猛士越野车、装甲车、水罐车等车辆的性能，他一有空就往汽车修理厂跑，钻车底、爬车头，详细了解各类车辆的油路、线路、刹车、水温、性能等，不懂就虚心向有经验的“师傅”请教。当汽车配件补给从国内运送到营区后，更换车辆部件、压千斤顶、扭螺丝、测性能，他都亲自动手，一丝不苟。

除了联利团的供水点，驻利比里亚中资企业也给防暴队供水，而且路途较近。

2017 年 7 月的某个傍晚，黄文聪驾驶水罐车离开中资企业，将要返回到考德维尔大桥时，感觉即使挂了高速挡车子的动力并未有所增加，车直接在马路中间抛锚了。

凭借以往的经验和对水罐车的了解，他认为是连接离合器的传动轴出了问题。

于是，他向带车干部请示：“请派人在车后设警戒，协助我马上对车辆进行检修。”

经检查，是传动轴出现断裂。

他迅速将这一情况向后勤分队做了汇报，建议立即将传动轴拆除，并且用前轮驱动，慢慢把车开回防暴队营区。

此时正值出行高峰，水灌车抛锚增加了这一路段的拥堵。后方车辆频频按响的喇叭声、过往车辆司机和行人的质疑声……传入他的耳朵，但他全然不顾，镇定自若，把所有精力投入车辆的检查维修当中。

故障终于排除。

车辆“突突”启动了，他这才长出了一口气。但他知道，任务远没有完成，不能大意，不能因为操作失误而导致车辆熄火。把这车水安全送回营区，才算赢得最后的胜利。正是因为他的准确判断和及时处置，此次勤务才得以圆满完成。

在利比里亚，市政停水及水罐车出现故障已是经常的事，也是指挥中心主任王振江的一块心病。

担心的事再次发生了。

2017 年 9 月 16 日上午 9 时左右，指挥中心接报，外出拉水的车辆和当地的车发生了碰撞事故（事实上，在利比里亚路上行驶的车，十有八九是报废车，防暴队的车经常被当地车撞，几乎每出去一次，回来就要直接开进修理厂维修一次），此次碰撞发生在距离营区 15 公里处。

“马上派 2 个车辆维修小组，带上工具前去修车，务必确保修复！”王振江说，防暴队只有这两辆水罐车，全队每天的用水，全指望它们了。

时间安排得异常紧凑：

10:00，修理组与拉水小队分合。

11:00，修理组排除车辆故障，接水小队继续前往拉水点。

12:00，水罐车取水完毕，返回营区。

不料返程途中遇到堵车，车辆只能放慢速度，原本 2 个小时的路程，走了 3 个多小时才回到营区。

此时大伙的肚子都饿瘪了。

当 20 吨水徐徐注入蓄水袋后，王振江脸上的阴云顿时一扫而光，翘首盼望的厨师更是喜笑颜开，马上淘米做饭。担任夜间巡逻的分队也开始准备所需的饮用水。

然而，这 20 吨水也只能撑到第二天上午，下午和晚上的水还没着落呢！

“搬运工”们着急，三口两口吃完饭，又出发了。

王振江禁不住一阵感慨，队员们每天站哨、做饭、拉水、巡逻、修理汽车……勤勤恳恳，忙忙碌碌，但从不抱怨，从不叫苦喊累。在任务区，吃的、用的往往捉襟见肘，可是与家人视频通话时，他们总是乐呵呵地说：

“我在这里很好，什么都不缺。”行动三分队战斗队员何思达，每次视频通话，70多岁的奶奶反复说的都是那句话：“吃得怎样，有没有肉吃？”奶奶耳朵背，何思达就大声说：“吃得很好，天天都有肉吃，放心吧奶奶。”

当王振江问他们，是否后悔选择一条如此难走的路，他们的回答总是那么斩钉截铁、掷地有声：“不后悔，一点都不后悔！我们很珍惜这来之不易的维和机会。”

正这么想着，覃朗的身影又出现了。

“报告主任，营区用水告急，明天我们还需要外出拉水。”

第三章　红旗漫卷西非

党旗飘扬

2017 年，中国积极推动“人类命运共同体”理念构建，旨在追求本国利益时兼顾他国合理关切，在谋求本国国民经济发展中促进各国共同发展。

而这一年，利比里亚局势却不容乐观，因受内战的影响，历史遗留问题很多，难民问题同样也很多，部族主义倾向严重，以致经济发展停滞不前，政治危机持续显现。

防暴队领导层认为，在云谲波诡的国际大环境和变幻莫测的局部小环境当中，发挥政治这条生命线的作用，筑牢防暴队全体党员以及分散在利比里亚各地广大党员的思想根基，是防暴队义不容辞的责任和义务，也是克服一切困难的保证。

因此，到达任务区后，防暴队临时党总支便率先扛起了在利比里亚党员价值引领的大旗，向在利比里亚工作、生活和学习的党员发出“齐心向党，聚力报国”的倡议（防暴队创下的这一海外党建品牌，被全国党建期刊《紫光阁》评为“党建创新成果”工作创新十佳案例），以期形成具有海外特色的强大中国合力，应对出现在眼前的一个个棘手难题。

他们是怎么做的呢？这支防暴队完成任务回国后，我采访了防暴队政委陈利华。

在中国军队，政委一职最先是借鉴“俄国十月革命”时期，苏联红军政治委员制度而设立的，之后，苏联取消了这一制度，但我国沿用至今。

按照联合国的职务安排，维和警察防暴队最高指挥官是队长，并未设置政委一职。其他国家照此办理，而我国派出的维和警察防暴队根据中国国情，多次向联合国提出申请，准许沿用我国军队一贯使用的双长官制：其一是政委（中国维和警察防暴队的首要指挥官，负责思想政治工作），其二是队长（主管一切与军事相关的事务）。

起先，这一请求并未得到联合国的批准，后经我国据理力争，联合国最终同意了。

2019 年 5 月的一天，常常出差在外，很少待在办公室的陈利华副总站长（2019 年广西壮族自治区公安边防总队改制后，陈利华担任广西出入境边防检查总站副总站长）刚回到南宁，刮了胡子洗了脸，便来到办公室接受我的采访。

眼前的陈利华，与在利比里亚维和时的照片相比，不但恢复了湖南人好看的红润肤色，脸庞也丰满了许多。

公安部有一项硬性规定，中国维和警察防暴队的最高指挥官，必须是公安边防总队党委常委、参谋长以上的军官。

此前，蓝卫宇也曾向我透露，在防暴队，政委不但全面主持临时党总支的工作，而且防暴队的政治、文化建设也由他主抓，如有队员思想产生波动主要由他来做工作。除此之外，政委还要与队长密切配合，保证巡逻、训练及各项重大军事任务的如期完成；与各中资企业联创联建，交流互动，一方面促进各自队伍的建设再上一层楼，另一方面齐心合力，共同应对随时可能出现的问题。总而言之，政委是防暴队的主心骨，是防暴队的灵魂，少了谁都不能少了他。

“到利比里亚不久，我们政委的体重就快速下降，从 172 斤降到了不足 150 斤。整晚睡不着觉，在国内好不容易戒掉的烟，因为压力太大又复吸。”蓝卫宇是个感情丰富的人，看得出，说这话时他是心疼的。

陈利华在他的办公室向我介绍了防暴队临时党总支的有关情况。

2013 年 3 月 11 日，习近平主席在第十二届全国人民代表大会第一次会议解放军代表团全体会议上指出，建设一支听党指挥、能打胜仗、作风优良的人民军队，是党在新形势下的强军目标。

2017 年 3 月 3 日，防暴队出征之前，广西壮族自治区公安边防总队政委刘洪平说：“中国维和警察防暴队能否顺利通过一年期的考验，圆满完成各项任务，关键在于党组织建设；队伍走到哪里，党组织就要健全到哪里，制度就要落实到哪里，以高质量的组织生活促进党组织发挥作用和各项任务的出色完成。”

到达任务区后，防暴队便设立了临时党总支。

临时党总支由 5 名委员组成，书记是陈利华，副书记是队长蓝卫宇，委员是副队长张宏、指挥中心主任王振江、后勤分队长杨远方。

在防暴队的日常工作中，对特别重要的工作，临时党总支一定会集体研究，集体把关定向，不搞“一言堂”；如有重大任务需要完成，党总支委员必定亲临现场指挥，充分发挥领导干部的表率作用。

临时党总支规定，在党内必须互称“同志”，而不是称呼官衔或直呼其名。这样既保证了党内关系的严肃性，也有利于党内政治生态的净化和党的作风的根本转变。

此外，防暴队还制定了党员思想汇报制度，并予以贯彻执行。

由于措施得当，防暴队对内实现了管理上的“零事故”，对外保持了高昂的战斗力，展示了中国军人的良好形象。

可以说，防暴队临时党总支就是高高飘扬在利比里亚国土上的一面思想旗帜。

战斗堡垒，温馨家园

采访继续。

我：“防暴队 140 名队员，共有多少名党员？”

陈利华：“122 名。”

我：“所占比例很大呀。”

陈利华：“对，而且这批队员的政治素养特别高，除 122 名党员外，其余均为共青团员。”

这 122 名党员，在防暴队临时党总支的统一领导下，分为 6 个党支部、12 个党小组、14 个党员先锋岗、9 支党员先锋队，实现了党组织在防暴队的全覆盖。

2017 年，防暴队各级党组织充分发挥战斗堡垒作用，党的政治生活开展得有声有色：

建立了网上党课平台及党建文化长廊；

组织“党员服务队”，每月为驻利比里亚中资企业“送医上门”；

开展警营开放日活动，邀请我国驻利比里亚的同胞进营区参观学习；

深入巴基斯坦驻利比里亚维和二级医院，做党的十九大精神宣讲；

长途巡逻中，组织党员重温入党誓词；

创作中国第五支赴利比里亚维和警察防暴队队歌《守护和平》；

自编、自导、自演、自拍微电影《种子》；

策划、编著纪实文学作品集《蓝翎》；

在国内主流媒体和门户网站发稿1000多篇；

创作、录制10部维和音乐短片；

受邀参加中央电视台网络春节联欢晚会；

与奥运冠军孙杨视频连线，同唱《歌唱祖国》；

录制的《中国第五支赴利比里亚维和警察防暴队喊话吴京想看〈战狼2〉》视频，点击量过亿，获第二届“五个十佳”公安网络正能量精品征集评选“十佳动漫音视频奖”。

2017年6月16日，“海外党旗红，唱响维和歌”比赛在营区举行，拉开了“迎接党的96岁生日系列活动”序幕。

这天下午，营区歌声飞扬，作为开场歌曲的《歌唱祖国》，唱出了防暴队队员对党和国家的无限热爱之情。

防暴队行动三分队七小队队长梁柏杨为此撰文：“当我身处海外，和我的战友唱起《歌唱祖国》的时候，我才深切感悟到‘祖国’这两个字的分量和真切含义。维和这些日子，让我看到利比里亚的高失业率，这里的人民生活在极度贫困当中，少年儿童就学率非常低，治安状况也是差到了极点，偷盗、抢劫、强奸等违法犯罪活动猖獗。这些问题出现的时候警察理应及早介入的，但因当地警力薄弱，让许多犯罪分子逃脱了惩治。”

他对祖国的感情是那么真挚，还有很多话要说，甚至都停不下笔：“此时此刻，我觉得我们是如此幸运、如此幸福，我们国家的公民不用面对利比里亚人民那样贫困的生活，不用为每天的温饱发愁，更不用整天面对不知何时到来的危险。因此，我为我是一名中国人而骄傲，更为我是一名中国军人而自豪！”

防暴队集体创作的队歌《守卫和平》，唱出了勇士们的心声，唱出了军人气概，唱出了英雄本色——

肩上承载光辉的使命
心中向往着幸福安宁
钢枪守护不变的信念
中华好儿女铁骨柔情

坚定守卫珍贵的和平
耳畔回响着祖国叮咛
千山万水无尽的思念
人民子弟兵肩负希冀

忠诚拼搏团结奉献
不忘初心砥砺前行
看八桂蓝盔屹立西非
维和铁军闪耀光辉

齐心向党光辉指引
聚力报国奋勇前进
看八桂蓝盔屹立西非
维和铁军闪耀光辉
闪耀光辉

党建系列活动中，海外党建教育展厅的建设及投入使用，尤其值得大书一笔。

2017 年 6 月 28 日，一场每天准时降临的大雨过后，太阳露出了红艳艳的笑脸。

一大早，大西洋畔的防暴队营区便人声鼎沸，热闹起来。

中国驻利比里亚大使馆，中资机构、企业及在利比里亚的党员 200 多人，与防暴队全体党员一起，参加了中国维和警察防暴队首个海外党建教育展厅的揭牌仪式。

广西壮族自治区公安边防总队党委书记、政委刘洪平专门发来视频，对展厅的落成和使用表示热烈祝贺。

中国驻利比里亚大使张越致贺词，肯定了防暴队在执行任务期间所取得的成绩，高度赞扬防暴队党建工作走在中国维和部队各党组织的前列，感谢防暴队为中国驻利比里亚海外党建工作打造了优质平台，并希望防暴队再接再厉，致力完成党和国家交给的使命任务，为建党 96 周年献礼。

在由 3 个集装箱板房打造而成的展厅门口，人们的目光聚焦于一块红绸遮盖的匾额上。张越大使和陈利华政委走上前去，将红绸轻轻往下一拉，“海外党建教育展厅”几个大字一下跃入人们的眼帘。

展厅是 2017 年 4 月底临时党总支发出“齐心向党，聚力报国”倡议之后，在没有专业的设计人员，建材、工具及相关技术严重缺乏的情况下，经过驻利比里亚中资企业师傅们的精心指导，防暴队队员仅用了2周时间，同心协力设计、建设完成的。

可以说，这是防暴队抓党建、抓思想、抓作风，始终把政治建设摆在首位的一项新思路；是临时党总支带领队伍不忘初心、牢记使命，聚力报国的有力举措；是防暴队进行党性教育的最佳场所；是凝聚爱国力量的一方平台。

展厅由四个部分组成：党的发展史和最新治国理政方针、中国参与联合国维和事务历程及我国派遣维和警察情况、中国维和警察防暴队海外党建工作开展情况。展厅以文字和图片的形式，完整回顾和展现了中国共产党领导中国人民经过艰苦卓绝的斗争，从站起来、富起来到强起来的伟大历程；介绍了中国参与联合国维和事务的全过程；展示了中国维和警察在党的坚强领导下，忠实履行维和使命，维护世界和平的行动和决心。

中国驻利比里亚大使张越和特邀嘉宾——联合国秘书长特别代表法里德·扎里夫信步走进展厅，他们边走边看，不时停下脚步，指着墙上的文字和图片，向讲解员李亚斌详细询问，得到满意的回答后，接着往前走。参观完毕，在展厅的出口处，两人先后提笔在留言簿上题字，以作纪念。

看着络绎不绝的参观人群，张越大使感叹："海外党建是我们在海外开展各项工作的航标，教育展厅的落成，为海外党建工作搭建了平台、树立了标杆。中国第五支赴利比里亚维和警察防暴队的海外联创联建亮点突出，党建工作成绩斐然，为加快驻利比里亚中资企业的发展，服务国家的整体外交战略提供了强大动力和坚强保证。"

展厅投入使用后，联利团工作人员慕名而来，利比里亚政府官员来了，中国驻利比里亚中资企业员工来了，旅居利比里亚的华人华侨团体及个人也来了。在短时间内，防暴队以展厅展览的形式，对 500 多人次进行了中国党史教育和爱国主义教育。

展厅的投入使用，开创了中国维和部队在海外建设党建展厅的先河。

2017 年 7 月 1 日，防暴队开展警营开放日活动，受邀的联合国副秘书长特别代表沃尔德·马威利、联利团防暴办主任马库斯·霍恩、联利团警察总监西蒙·布拉奇等，步入营区，与防暴队队员一道，为中国共产党建党 96 周年庆生。

在陈利华政委的带领下，人们参观警营，聆听党员重温入党誓词等。随后，防暴队队员表演的威风锣鼓、中华武术和舞龙舞狮等节目，让人们享受了一场中国文化的盛宴。一名在利比里亚工作多年的中资企业员工激动地说："你们的联创联建活动与以往不同，越是身在异国他乡，越是能强烈感受到党组织的温暖和关怀，我为自己是中国人而自豪！"

其中的中国茶艺展示环节，新颖别致，嘉宾们对此产生了浓厚的兴趣。

负责展示中国茶艺的，是女战斗队员张晓琳。

茶艺室悬挂的中国结及桌上典雅的插花，都是张晓琳精心布置的。这天，她卸下戎装，换上了一身端庄大方的旗袍。在雅致的古筝音乐背景声中，她轻言细语，给嘉宾们介绍了中国茶叶的起源，从茶叶的养生之道，到中国茶文化的发展，以及茶文化所承载的礼、义、仁、德，娓娓道来。她边讲解边表演茶艺，净手、洗茶、泡茶、分茶。沃尔德·马威利及其夫人一行，品茗之后均表示，通过茶道讲解和品茶，他们对中国传统文化已有所了解，对中国的大国风范有了更深的认识。

为党庆生，浓墨重彩。给防暴队队员过生日，也在临时党总支考虑的范围内。

采访时不少队员说，他们之所以在利比里亚有归属感，把想念家乡、思念亲人的念头暂且抛于脑后，集中精力投入维和工作，全赖有一个暖心的组织在身后，给他们感情上的慰藉。

那么，远离故土与亲人，防暴队队员的生日怎么过，谁给他们具体操办呢？

开始时大家心里也没谱。没想到，临时党总支决定，每月抽出一个晚上，全体队员为当月生日的队员举办集体生日宴。

每到这天，过生日的队员都会被浓浓的爱意包围。会场挂上了红底白字的“中国第五支赴利比里亚维和警察防暴队集体生日晚会”横幅，现场还拉起了缤纷多彩的彩带。再看大屏幕，正轮番播放“寿星”的家人传来的祝福视频。

“爸爸，生日快乐，照顾好自己。”

“妈妈，安心工作，平安回来。”

“爸爸，祝你生日快乐，我想你了，我们想你了。”

看到亲人们笑意盈盈的脸庞，听到亲人们亲切的祝福话语，在场的人都忍不住哭了。

隔着半个地球，大家同唱生日歌。

史静清楚地记得，与她同一个月生日的队员共有 5 人，过生日时，战友们帮他们戴上寿星帽。生日蛋糕上来了，在大伙的见证下，他们挨个许了今生今世最特别的心愿，愿家人健康平安，愿维和任务圆满完成，早日回到家乡，与久别的亲人重聚。

厨师们也格外卖力，晚餐准备得特别丰盛，平时舍不得吃的食物，好像都留到了这天。每桌安排 9 ～ 10 人，一下便把桌上的饭菜一扫而光，只留下杯子里的几口饮料，待上镜头时碰杯用。

集体生日宴，体现了“维和一家人”式的亲情关怀，让大家想起了过去某个节日，自己与父母及兄弟姐妹聚在一起，共同欢度的那个瞬间，感受到了防暴队大家庭的温暖。

第四章　神鹰高飞

首次空巡

为了给地面巡逻提供科学完整的数据，到达任务区的第十天，也就是2017年3月21日，联利团要求中国维和警察防暴队派出精干执勤小队，乘坐直升机，采取在目标点上空盘旋及沿海岸线飞行等方式，对蒙特塞拉多州（蒙罗维亚所在的州）、马吉比州、大巴萨州等8个州进行空中侦察巡逻。

这是进驻任务区以来，防暴队执行的首次空中巡逻勤务。

为此，防暴队临时党总支专门召开会议，对任务进行详细分析、研判和部署，制定切实可行的勤务方案、科学的警力编制及具体的任务分工等。

上午9时，直升机带着球状摄像探头，随着螺旋桨巨大的轰鸣声缓缓起飞，开始了约2个小时的空中巡逻任务。

航拍开始。

沿途约350公里的山川河流、房舍、车辆、行人等一一被录入镜头，实时传回防暴队指挥中心，实现了空中与地面精准、快速联动。

空中巡逻的全过程，看上去威猛帅气的防暴队队员，待在机舱里其实并不好受，尤其是坐在机舱后部的队员，因受气流颠簸的影响，会产生头晕、胸闷、恶心等症状。如果没有安全带拴着，极有可能被抛离座位，导致受伤。加上那天天气比以往更热，队员们着实遭受了一番颠簸与炎热的双重煎熬。

过后，参与巡逻的队员说，空中巡逻并没有原先想象的那么简单和风光，辛苦程度比地面巡逻有过之而无不及。

但所有困难都被队员们克服了。数据成功获取。

任务圆满完成。

“上帝视角”看西非

“上帝视角”，原为叙述视角中第三人称视角（即第三人称叙述）的别称。而此处所说的“上帝视角”，是指用新型的摄影摄像器材——无人机，从高空俯拍，得到可与传统航拍相媲美的震撼人心的影像作品的一种方式。

中国维和警察防暴队的无人机，在利比里亚维和任务中称得上是“大英雄”。在防暴队的警营开放日，日常巡逻，联合巡逻，长途联合巡逻，中国、尼日利亚、利比里亚三方联合训练、演练及中国驻利比里亚大使馆宣传片的拍摄中，均留下了它光辉的足迹。它就像飞翔在蓝天的雄鹰，对预定区域进行全方位探查、侦察，掌控了执行任务的主动权，留下了在地面上无法获得的珍贵的影像资料。

中国维和警察防暴队的无人机队伍，是利比里亚维和任务区唯一的无人机队伍。

我虽然没有亲眼看见中国维和警察防暴队的无人机在利比里亚上空的傲人雄姿，但从“上帝视角”拍摄的一幅维和队员在蒙罗维亚巡逻的图片看，内心还是感到了莫大的震撼。

在浩瀚无边的大西洋东海岸，层层白浪拍打着褐色的沙滩，几朵白云在碧蓝的天空上飘拂，显得神秘而遥远。在这样广漠辽阔的大背景之下，一支由 11 人组成的全副武装的队伍成纵列行走着，他们是中国第五支赴利比里亚维和警察防暴队的某支行动小队，正在执行日常巡逻勤务。从高空上俯视，这支队伍显得那么渺小，但他们的背影又是那样的坚毅，你可以断定，也完全能够相信，只要有他们在，他们脚下的这片土地就是安全的。

如果把无人机比作“鹰”，那么谁是“牧鹰人”呢？防暴队通信组的蒙统平便是。

关于无人机拍摄，蒙统平说，无论你拍什么，让你满意的那个画面肯定不是一次就能拍摄完成的，需要进行无数次艰苦的尝试才行。因此可以说，每个精彩瞬间的背后，都凝聚着“牧鹰人”的智慧与辛勤的汗水。

在参加马里兰州哈勃长途巡逻时，因路途遥远，需携带的保障物资很多，除执行任务所需的武器装备外，蒙统平还要带上 1 架无人机、15 块备用电池、2 部卫星电话、1 部短波电台、1 部电影放映机及个人换洗衣物等，全部物资加起来的重量，对野外长途行军来说就是一个巨大的挑战，更别说其他因素造成的阻碍了。

蒙罗维亚至哈勃，往返共 1600 公里，其中原始森林占了很大的比例，加上当时正值利比里亚的雨季，道路泥泞，深坑密布，猛士车就像青蛙一样一蹦一跳地向前行进着，人被颠得尚且受不了，蒙统平携带的这些精密仪器更不用说了。当需要拍摄时，他才发现无人机云台摄像头的排线被震断了，无法工作，许多精彩瞬间被错过，这是此次勤务中最遗憾的一件事。

另一次高空拍摄，因非洲大陆有着丰富的矿产资源，造成磁场极度混乱，无人机的指南针受到矿脉磁场的干扰，控制系统开启自动保护装置而无法起飞。要不怎么说蒙统平是个优秀的“牧鹰人”呢？他发挥聪明才智，这里没办法起飞，他就找一个能起飞的地方，让无人机腾空而起，直上云霄。当他携机转移至 1 公里外离磁场混乱区域较远处时，无人机果然飞起来了。他将飞行高度调得更高些，即便还有细微的磁场干扰，但对无人机飞行安全已构不成实质性的威胁。

当一幅幅画面清晰、色彩鲜明的图片展现在联利团成员面前时，他们被震撼了，中国维和警察防暴队真是太了不起了，竟然能拍摄出这么好的图片来。

此时恰好联利团星基地（联利团后勤基地）急需一张平面图，作为战略地图使用，于是，他们便毫不犹豫地将拍摄平面图的任务交给了中国维和警察防暴队。

这项重大无比的任务，由谁去完成呢？当然是蒙统平。

临行前，队领导千叮万嘱，这是一个政治任务，事关中国维和警察防暴队的信誉和形象，务必高质量、严要求地完成任务，必须把图片拍好，不能出现丝毫差错。

说实话，这项任务并不那么容易完成，最大的困难是星基地面积大，无人机飞太低吧，无法一次完成拍摄；飞得过高，图像的分辨率会变低，拍出的影像会模糊，达不到理想的效果。

投入拍摄后，当看到半空中传回的影像资料时，蒙统平仿佛被从头到脚浇了一盆冷水。接着又尝试了多次，画面依然模糊不清，怎么办呢？还有别的办法吗？突然，一次聊天朋友提到的九宫格照片给了他灵感，这张图片何不用拼图来完成？对，就这么干。

第一步，他先把星基地按格划分，分别拍摄了 120 张图片，回到营区后，花了两天时间对每一幅图片进行仔细比对、筛选，再使用图像处理技术完成无缝拼接。成了，星基地全貌完美呈现在了一张图片当中。

当这张有史以来最完整的星基地全貌图片传到星基地主任的手里时，他激动得看了又看，随即发来一封感谢信："Many thanks for such an excellent photograph of Star Base, a real professional job, this is the exactly what we wanted.（非常感谢你们拍出这么优秀且专业的星基地照片，这正是我们想要的。）"

无人机虽小，却记录了中国维和警察防暴队远征西非的一幕幕精彩瞬间，为维和事业做出了大贡献。

“千里眼”与“顺风耳”

2017年5月12日，自由港区的鸟儿在雨后的湿润空气中欢快地歌唱，而此时，防暴队指挥中心正处在一片忙碌当中，敲击键盘的“哒哒”声、外出巡逻小队的报告声及指挥中心下达命令的声音，像一曲雄浑激昂的交响乐，交错迭起却又不失和谐。

防暴队政委陈利华正在利用“维和勤务情报信息平台”，远距离、超视距指挥巡逻勤务。

一面长5米、宽2米的LED屏幕上，巡逻小队执勤途中的路况、车辆、行人均清晰可见。所在区域的治安热点、交通状况、附近主要建筑等，在屏幕上不断更新变换。

“车辆正通过辛科区13街，经系统研判分析，本周13街附近区域治安状况有所恶化，热点60点，比上周上升了10点。”

辛科区是利比里亚首都蒙罗维亚主要的商业区，人口密度大，商铺林立。辛科区分为南北两个区域，南侧区域靠海，居民多为富人，包括许多国家驻利比里亚大使馆、领事馆的官员，联合国工作人员，以及华商等，社会治安和交通状况较好；北侧区域主要为利比里亚当地人居住，这里酒吧、音乐吧及烧烤摊密集，社会治安及交通状况较差。从地图上看，贯穿其中的联合国大道恰如一道分水岭，将辛科区南北两侧分隔开。贫富悬殊，是辛科区抢劫、盗窃、凶杀、强奸等案件高发的主要原因。

“现正值交通高峰期，车辆拥堵。系统提示，车队右转经 23 号（防暴队对蒙罗维亚一些无名小路的标号）小路可避开红绿灯。”

此时，彭思杰正熟练地操作着维和勤务研判系统，并实时向陈利华政委报告。

“同意！车速 15 千米 / 时、车距 10 米，命令巡逻分队执行！”陈利华政委果断下达了命令。

按照命令，巡逻小队顺利通过了以上区域。

2017 年，受总统大选的影响，利比里亚不稳定因素日益凸显，防暴队按照“信息先行”理念，将信息工作置于基础性、先导性位置，研发了维和勤务研判系统。并与联利团行动分析中心、驻利比里亚中资企业、利比里亚国家警察局、利比里亚港务局、利比里亚国家安全局密切沟通，加强联络，构建了“维和信息主导维和勤务”平台。

彭思杰，防暴队指挥中心值勤官兼翻译，身高 180 厘米，毕业于沈阳体育学院体育英语专业（英语水平专业八级，有着“闪电般的思维”，具有同声传译能力）。这是一个“80 后”阳光大男孩。

2007 年，彭思杰的小姨石亚辉，身穿维和警服，头戴贝雷帽，手捧鲜花从海地维和任务区返回家乡。从此，小姨的那身警服成了彭思杰心中世界上最帅气的服装；那一抹和平蓝，成了天地间最美的色彩。当一名维和警察，成了彭思杰的梦想和倾尽全力要达到的目标。10 年后，他以体能棒、英语精、军事好的绝对优势，成为中国第五支赴利比里亚维和警察防暴队的一员。

他是先遣队员，到达任务区后，很快就适应了这里的气候环境。他脑子灵活，很快就能熟练掌握、精准操作“维和勤务情报信息平台”。

短短几个月，这个平台已采集到利比里亚政治和安全形势、大选形势、交通路况及国际舆情等基础信息 21015 条、音视频资料 26256 分钟，研究制定勤务实施方案7类36份，标注重点目标对象32处，绘制风险热区3D地图2幅，规划紧急撤离路线6条，直接为一线执勤预警45次，极大提高了防暴队的预警能力和风险研判能力。

与此同时，利用单兵图传系统、车载图传系统、全球定位系统、无人机等信息化装备，对一线队伍实行“一图化”实时联动指挥，极大提高了防暴队勤务主导能力。

未几，指挥中心又收到利比里亚国家警察局发来的预警信息：“副总统博阿凯正在SKD体育场进行竞选演讲，众多人员在此聚集，造成2辆汽车发生剐蹭，现场较为混乱，建议不要前往。”

指挥中心马上与巡逻小队取得联系，命令他们更改行车路线，不要进入政治活动热点区域，避免引起不必要的麻烦与冲突……

此信息平台的构建与应用，得到了联利团有关部门的极大肯定。

2017年6月8日，联合国秘书长特别代表法里德·扎里夫观看了“维和信息主导维和勤务”平台宣传展示片，并亲自体验了该平台的效果，然后激动地说：“你们所展示的‘维和信息主导维和勤务’模式，实现了‘信息收集、情报预警、分析筛选、精准预判’一体化操作，实现了‘领受任务、快速反应、快速集结、现场处置’的一图化、智能化、可视化指挥，这在联合国任务区是独一无二的。我将向联合国维和警察防暴队政策调研小组提出建议，建议将你们的模式在联合国维和任务区推广。”

第五章　猛士车上的猛士

西非的 110 巡逻车

武装巡逻，是中国维和警察防暴队最主要的维和勤务之一，也是防暴队每天例行的工作。其目的，一是以此来震慑违法犯罪分子，二是增强当地民众的安全感。

利比里亚内战结束后，在联合国及国际社会的共同努力下，通过维和军警尽职尽责的工作，利比里亚国内局势总体稳定，国家执法权力基本实现平稳交接。

可是，随着 2017 年总统大选的临近，各方势力暗流涌动，游行集会次数明显增多，一些在内战中拼过命的人认为，他们卷入内战是迫不得已，战后政府给予他们的待遇却太低。他们扬言，如果不解决待遇问题，便采取过激手段，破坏即将到来的大选。

利比里亚大选之前出现的种种乱象，给防暴队的日常巡逻增加了许多不确定因素。

鉴于此，每次出巡之前或巡逻当中，指挥员均反复叮嘱队员，一定要小心小心再小心，要在保证自身安全的前提下，把任务完成好。

那是进驻任务区的第 25 天，晚上 8 时左右，防暴队指挥中心参谋韦德臣，第一次随防暴队及联利团军事观察员进行夜间联合巡逻，他们乘坐猛士车前往蒙罗维亚的旧玛塔迪住宅区。

坐在警灯闪烁的猛士车上，韦德臣观察着窗外的车流及人流，想起了指挥员给他下达的任务："军事观察员下车走访时，要人警卫小组负责全程护卫，观察周围情况。你就留在原地，负责车队后侧的警戒。记住，要坚守战位，高度警惕，如有突发情况及时报告。"

途经一段车流较少的路段时，对讲机传来指挥员的声音："车队注意，准备靠右停车，军事观察员将在这一区域走访，要人警卫小组下车后迅速就位，警戒队员要注意观察周边的情况！"

"1 号车收到！""2 号车收到！""3 号车收到！"回复及时而有力。

3 辆车（日常巡逻至少配备 3 辆车，长途巡逻配备 5 辆车或更多）依次停在了道路右侧。

"警戒人员下车！"接到指令，韦德臣迅速扫了一眼后方，确认无来车后，立刻打开车门，跳了下去。

刚下车，一股热浪便迎面扑过来，像是有人将他从冰窖一把拽出，扔进一个大蒸笼里。鼻腔里的毛细血管迅速扩张，堵得他几乎透不过气。

"车队后侧安全。"就位后，韦德臣向指挥员报告。

车门"卡砰！""卡砰！"响了好一阵，车上人员全部下了车。

按照事前的部署，要人警卫小组随军事观察员离开车队进行走访。驾驶员则留在车上，以便发生紧急情况时马上撤离。

车前、车后各安排一名队员，进入高度戒备状态。

戴着一副近视眼镜的韦德臣，此时正持枪站在车辆的后侧，一双眼睛瞪得溜圆，警惕地观察着四周。

就在这时，一辆摩托车开足马力，从他眼前飞驶而过。车上坐着两名当地男子，后面那名肤色更深一些，几乎与夜色融为了一体。也许是注意到了全副武装的韦德臣，他张开嘴，露出一口白牙，伏在驾车者耳边，激动地说着什么，其间像是夹着“UN”（联合国）一类的字眼。

由于利比里亚内战不断，散落在民间的武器数量相当庞大，社区或公路等时常会有枪击案发生。且当地民众对“UN”并非都有好感，下一秒，他们当中的激进分子会做出什么超出常理的事，谁也说不准。

天气很热，身体的水分大量蒸发，渗透了防弹背心，甚至湿透了裹在外面的作战训练服。闷热的空气，加上漆黑一片，对他而言完全陌生的夜晚，以及紧盯着他的头盔、防弹衣、手里的武器的可疑目光，让韦德臣身体紧绷，如同一块坚硬的钢板。

韦德臣扫视一遍周围的环境，观察着每幢楼房、每辆车、每个人……

气氛紧张到了极点。

忽然，身后传来“吱扭”的一声响，把他吓了一跳。

回头一看，是一扇门打开了一条缝，里面探出一颗小脑袋，脑袋上扎着非洲流行的“脏辫”，黑皮肤的脸庞上镶着一双明亮单纯的大眼睛。

这是一个十一二岁的小女孩，模样可爱极了。

韦德臣松了口气。

他掀开防暴面罩，冲她笑了笑。

当他准备转过身，继续执行警戒任务时，小女孩忽然说了句：“你好，China（中国）！”声音非常柔和。“你好”是用标准汉语说的，后面加了“China”一词。

她是在跟韦德臣打招呼呢。

在西非，韦德臣还是第一次听到有人用汉语向他问好，而且还是一个素未谋面的非洲小女孩。

那一刻，他僵直的身体瞬间软化了。

“How are you, can you speak Chinese?（你好，你会说中文？）”他

操着带有浓重壮话口音（韦德臣是壮族人）的英语，惊讶地问小女孩。

“A little!（会一点儿！）”小女孩一脸羞涩，“The teacher told me that Chinese are very good!（老师告诉我，中国人非常好！）”她边说着边竖起了小小的大拇指。

韦德臣也回了她一个大拇指，“Yes! We are good friends!（是的！我们是好朋友！）”

这个手里拿着枪的中国大哥哥，其实并不可怕，能认识他，和他说话，她觉得很开心。

她高兴得蹦了起来，扭头向后招了招手。

门开大了些。借着来往车灯的光线，韦德臣看见一个更小的脑袋从女孩腋下冒了出来，卷曲的短发，圆圆的小脸蛋，两只眼睛滴溜溜地转——一个长相十分卡通的小男孩。这是姐弟俩吗？应该是的。

韦德臣朝两个小家伙笑了笑，转过身去，继续执勤。

这一晚，两个孩子“咯咯咯”的笑声一直在他的耳边萦绕，让他感到执勤虽然辛苦，但苦中有乐，便不觉得那么辛苦了。

这一晚，他对这个国家从陌生到熟悉，最后竟产生了浓浓的依恋之情。

世界之大，不是人人都有机会相遇，相遇并感觉到一丝温暖，应该就是缘分了。

那天天气很热，他心里更是热乎乎的，作为女孩的老师所说的“非常好的中国人”，他为自己的祖国感到骄傲，为生为中国人而自豪。

吴战师，防暴队行动三分队八小队战斗员兼狙击手。

在任务区，吴战师和战友们不仅承担着营区 7 个哨位 24 小时不间断的轮班执勤，而且要参与巡逻、武装押运、要人警卫等各项勤务。当身上穿戴着前后各有一块钢板的防弹背心、防弹头盔、护膝护肘，再加上枪支弹药等重达 20 多公斤的武器装备，穿梭于利比里亚大街小巷的时候，他才切身感受到维和任务的艰巨。

5 月中旬的一次武装巡逻，给吴战师的印象颇为深刻。

此次巡逻的区域非常特别，既是前反政府武装的聚集地，又是走私贩毒人员高度集中的地区，各种各样的矛盾冲突，每个月甚至每天都在发生。

面对隐藏于暗处、不可预知的风险，素有“战狼”之称的吴战师却充满自信，他对战友们说：“有我在，你们就放宽心吧，请把你们的后背交给我！请把你们的安全交给我！”

每到一个看似不安全的地方，吴战师的神经总是不由自主地紧绷起来，不放过哪怕一点可疑之处、一个可疑之人。他说，虽然他们不是来利比里亚打仗的，握在手里的枪只是用于自卫，但是如果需要，他们随时准备迎接战斗。

对于日常巡逻，驾驶员农忠虎同样有着自己的感慨：“每次外勤，我都提前做好准备，检查燃油、机油和冷却水是不是加满了，蓄电池的电量是不是充足，轮胎气压是不是符合规定，转向系统、制动系统有无故障，喇叭、灯光、雨刮器是否正常运作等。巡逻途中，我脑子里的那根弦总是不敢放松，总担心处理不当，影响联利团维和工作的正常开展，影响中国维和警察的良好形象。胸前那面五星红旗时刻提醒我，我们的一言一行代表的不仅是自己，也代表着我们的祖国。”

因常年内战，利比里亚交通设施破坏严重，即便是土布曼大道这条蒙罗维亚的城市主干道，路况也好不到哪去。

一大早，这条并不宽敞的道路就挤满了各种车辆。一些早已报废或即将报废的车辆，在我国是绝不允许上路的，这里却满大街都是。还有不少报废的黄色出租车，尽管“服役期”已满，却不打算“退役”，依然在大街上横冲直撞。那些掉漆严重的载客三轮摩托车，仗着体积小，就不管不顾，在密集的车流中肆意穿行。

路上不仅车多，行人也多，其中小商小贩最多，他们为了维持生计，头上顶着一个装满货品的硕大的篮子，腰身灵活扭动着，时而一把拉住街上行人的袖子，时而一拥而上拍打过往车辆的车窗，兜售廉价的雨刮器、袋装冰水或别的东西。

如果某天，有一股浓烈的香水味（据说是古龙香水味）从你面前飘过，那么可以肯定，刚从你身边经过的是个有点钱的当地人。

防暴队凯旋后，张莹告诉我，每次回广州（她的家人在广州生活），看见街上的非洲人（在广州做生意的非洲人比较多），闻到他们身上的古龙香水味，就会想起在利比里亚的那一幕幕。如果再有一次机会，她还会申请去维和。

这天，行动三分队七小队正前往蒙罗维亚东面的埃尔瓦路沿线及周边区域巡逻，经过事故多发路段——土布曼大道时，陈利华政委的嘱咐猛地在大家耳边响起："要把每一次勤务当作第一次执勤来认真对待，时刻树立'+1'理念，随时做好处置突发事件的准备。"

他们遵嘱锁紧车门，确保自己和武器装备的绝对安全。并调试好无线对讲机，保持各车辆联络畅通。经过辛科区的时候，大家的心一下悬了起来。这一区域是富人和穷人聚集的区域，在利比里亚经商的华人大多居住于此。如果你是外国人，兜里又有几个钱，就会被犯罪分子盯上。

或许是慑于中国维和力量的强大，犯罪分子不敢对防暴队怎么样，车队顺利通过了该区域。

过了辛科区，车辆和行人渐渐少了，路也显得宽敞起来，大家绷紧的神经这才得到稍许放松。

车外林木葱郁，他们不断向前进，还有半小时就到达目的地了。就在这时，意外发生了。

险情来得猝不及防，以致负责警戒的队员一下子反应不过来——路边的一名男子，将一样东西朝着巡逻车的挡风玻璃猛地砸了过来。

“注意！发现不明人员袭击我车辆，各车加速前进！”

对讲机里，车长的指令简单干脆。

驾驶员一踩油门，车队全力加速，冲过了危险地段。

事实证明，模拟车队遇袭时所强调的“切忌与袭击者纠缠，也不要恋战，应加快速度通过危险路段，以确保自身的安全”做法是正确的，此时此刻，恰好用上了。

驶过险情地段才发现，那人投掷的并不是什么危险品，而是一块脏兮兮的抹布。

一场虚惊。

5 月，利比里亚正式进入雨季。

雨，每天准时打卡签到，在屋檐下织成一张晶莹剔透的雨帘。雨帘之外，蒙罗维亚的白天和夜晚别有一番景致。

这雨，你可别小瞧了它，倔脾气一上来，任谁也压不住，飞沙走石、电闪雷鸣，能把屋顶掀掉，树也被它连根拔起。

不过，在细雨蒙蒙的雨夜，驾车外出巡逻，车外的风景倒是挺美的。车队经过加百利·塔克大桥、利比里亚大学和辛科区繁华街市时，隔着车窗望向雨中的蒙罗维亚，街道湿答答的，人群熙熙攘攘，霓虹灯闪烁，照在人们的脸上，很美，却也让人生出几分莫名的伤感。记得有人说过：雨落本无声，听到的只是云里坠落的灵魂在呜咽。

又一次巡逻开始了。

巡逻的目的地是距离营区 110 多公里的邦州邦镇。

准备工作完成后，早上 8 时 10 分，行动三分队八小队的 10 名队员（这是一个战斗小队的基本组成人数，也是防暴队开展各项勤务的基础单位），在指挥中心主任王振江的带领下，分乘 3 辆猛士车，向目的地进发。

城区道路一如既往的拥堵。

猛士车汇入车流和人流，车身上硕大的“UN”标识，是如此的威武，车里的人引起了当地民众的好奇。有那么一瞬，人流似乎静止不动了，黑白分明的眼珠溜溜转动，是向这支帅气的车队行注目礼吗？应该是的。

车流、人流渐渐远去，美丽的圣保罗河进入视线。初升的太阳照在平静的河面上，像在水面撒了一层金黄色的粉末。

圣保罗河是西非最有名的河流，发源于几内亚境内马森塔东部山地，流经利比里亚北部，再向西南方向奔流约 450 公里，最后汇入大西洋。

这条河流见证了利比里亚曾经的富庶，以及连年内战导致的贫穷。

途经 20 世纪 70 年代威廉·理查德·托尔伯特总统的官邸时，会让人发出感叹：这个国家曾经的骄傲和辉煌已经过去，只剩下眼前的凋敝与破败，而这就是历史，是一部利比里亚的现代史。

车队进入蒙特塞拉多州的本森维尔。昔日，无数美国自由黑人，漂洋过海，被当政者遣送回祖先生活的土地，他们照搬美国的那一套，试图在西非再造一个“美利坚”。但理想很丰满，现实很骨感。时间过去了近 200 年，这里却只有 1 间卫生院、1 所学校、1 座教堂，还有 1 条没修完的柏油马路。不是内战惹的祸，又是什么呢？

2010 年，中国援建的利比里亚大学芬德尔校区与利比里亚顺利交接。路过这所崭新时尚的校园时，听到教室里传出琅琅的读书声，队员们感到既骄傲又欣慰。对一个国家而言，教育处在什么样的地位，便有什么样的未来，教育地位提高了，这个国家就有希望，就有无限光明的前景。

终于看见中国援建的蒙邦公路了。这条公路全长180公里，柏油路面，双向两车道，是利比里亚所有道路中路况最好的一条。因为路面铺了柏油，旱天没有漫天飞舞的尘土，下大雨也不会积水，走这条路，对饱受利比里亚其他道路颠簸之苦的驾驶人员而言，简直太舒服了。

最后 10 公里山路，是极难走的砂石路，坡陡路弯，地面坑坑洼洼，坐在车上，能把人的骨头颠散架。据说，此地是劫匪出没之地，抢劫偷盗时有发生。队员们警惕起来，握紧了手里的枪。

中午时分，车队终于抵达此行的目的地——邦镇。

邦镇有一个矿区名为邦矿，面积 600 平方公里，是德国人在第二次世界大战期间开发的，1989 年，利比里亚内战爆发时，德国人撤离。2010 年，中利联投资（利比里亚）邦矿有限公司接手经营。业务繁忙时，矿区招募员工上千人，为当地提供了大量就业岗位。后来全球经济下行，导致铁矿石价格大幅下跌，为了不亏本，矿区停产，但设备需要有人看护，于是中利联投资（利比里亚）邦矿有限公司雇用了 100 多名当地人在矿区驻守。

矿区面积大，留守人员少，很容易被不法分子盯上。他们往往趁着夜色潜入矿区，把能拿走的设备拿走，拿不走的就毁坏，给日后矿区恢复生产造成很大的影响。

不仅夜里搞破坏，白天，当地一些闲杂人员也常来矿区寻衅滋事，扰乱矿区的治安秩序。

此类行径必须想办法制止。

王振江当即发布命令："拉响警报！部分队员随我下车，持枪徒步巡逻！"

瞬时间警报声大作，"呜呜"作响的警报向邪恶势力释放一个信号：联合国维和力量正在履行使命，再不收手，后果自负！

这正是防暴队开车 10 多个小时，来回 240 公里想要达到的目的。

时间：2017 年 5 月 22 日。

巡逻地点：邦加。

人员：防暴队行动二分队五小队 10 名队员。

这是到达任务区后，这个小队第二次到邦加执行巡逻勤务。因此轻车熟路，更有经验，职责分工更明确。

这天吃过早餐后，队员们便按照勤务规定穿戴装备，领取枪支弹药，做好了出勤的各种准备。

圣保罗江景住宅区，是此次巡逻的主要区域。任务是走访当地民众，了解总统大选前此地的社情、舆情。

与市中心的柏油路相比，通往目的地的道路十分糟糕，多是狭窄逼仄的黄泥路。路两侧长满了杂草，加上前一天夜里下了一场大雨，路上更是泥泞颠簸。稍不留意，车辆就会陷入近 1 米深的水坑中。

当车辆摇摇晃晃靠近 2 座年久失修的铁桥时，几位驾驶员下了车，弯下腰，仔细查看桥墩、桥身的损坏程度，查看桥面有无裂缝，车辆能否通过。最后大家一致认为车子要一辆一辆地过去，不给桥身太大的压力，应该没有问题。

车队拉开距离，小心且快速地驶过了桥。

40 多分钟后，他们才抵达圣保罗江景住宅区。

在这里，人们的居住条件并不好，房屋大多由铁皮、木头搭建而成，铁皮、木头为墙，石棉瓦为顶，简陋得不能再简陋。生活在这里的人大多是穷人，但和平的阳光照耀着他们，使经历过内战的他们觉得，这样的日子已经很满足了。

两个小孩手牵着手，睁大黑葡萄一样的眼睛，充满好奇地看着驶过的车队。

几个小伙子在户外的空地踢足球，他们不时停下来，切磋一下球技。

一个女孩在路边的小木桌上翻阅书籍，直至车队离开，她仍然心无旁骛，始终沉浸在阅读给她营造的美好氛围当中。女孩，愿书本成为你一辈子的朋友，愿作者辨析和判断真善美、假丑恶的能力与智慧，在你心里种下一颗种子，即使种的时候是那么的不经意，但请你相信，它终有一天会开花，结出善良的果实。

下一站，是靠近海边的一个小村庄，当地的治安状况怎样，民众有什么建议和诉求，都是此次巡逻需要了解的。

巡逻车队停靠路边，队员们相继跳下车，在四周警戒。一名骑摩托车的当地男子也停了下来，他双腿撑地，向防暴队队员招了招手："你好，中国朋友！"是用标准汉语说的。

村里来了车队，对当地人来说是一件十分稀罕的事。全村的老人、青壮年和孩子，都集中到了村口，尽管他们不会说汉语，但他们用微笑表达善意，这就够了。

一名中年男子指指自己穿的裤子和鞋子，用英语说道："Made in China. China is our friend.（中国制造。中国是我们的好朋友。）"

队员们心里瞬时涌上一股暖流，感谢你们，利比里亚人民，是你们让中国文化和学习汉语成为利比里亚年青一代的潮流；让"友好""和平"成为中国的代名词，谢谢。

武装长巡

时间来到 2017 年 7 月。

中国维和警察防暴队接到联利团命令，4 日至 6 日对博米州、大角山州、巴波卢州展开历时 3 天、总行程 600 公里的武装长途巡逻（以下简称长巡）。

这是防暴队入驻任务区的第一次长巡勤务。

“未知风险多，没有任何经验可循”是此次勤务的最大特点。

防暴队队长蓝卫宇主动提出，首次长巡，理应由他这个队长率队完成。

此次长巡的主要目的，是走访杜伯曼堡、罗伯茨港、博普鲁等首府的警察局、移民局、医院等执法和医疗机构，巡查联利团原分部营区、飞机场、边境路桥等战略要地，同时与利比里亚各州州长、执法机构负责人座谈，了解当地安全形势及当局的管控能力，为大选时有针对性地加强安保力量提供依据。

长巡途中，险情不断。

当车队行驶至利比里亚边境时，前方侦察车报告说，路边聚集了一群不明身份者，他们朝着防暴队高声叫喊，不知道是什么意思，并使劲挥舞着手里的砍刀。

蓝卫宇队长身材并不高大，身高只有 165 厘米，却是广西壮族自治区公安边防总队少有的将帅之才。2000 年，他从广西大学英语专业毕业，英语水平专业八级，可担任英语同声传译工作。2007 年至 2011 年，他曾借调公安部国际合作局，积累了丰富的国际合作工作经验。参加维和之前，他是广西北海机场边防检查站的站长。

蓝卫宇面部线条柔和，性格却刚毅果敢。

“各车缩短距离，加强戒备！”他语气铿锵地发布命令。

看到那些手中挥舞砍刀的人，蓝卫宇紧锁的眉头解开了：“根据我的判断，这不过是当地一些上山砍柴的居民，看见久违的联合国车队经过这里，激动得大声欢呼罢了。各车保持车距，继续前进！”

博米州、大角山州、巴波卢州虽然隶属于“泛首都”范畴，但是经济却比首都落后许多。一路过去，硬化路面极少，多为凹凸不平的土路。走在路上，即便是经验丰富的司机，也很考验车技和应变能力。而此时正逢利比里亚的雨季，本来就很难走的道路更是三步一坑，五步一洼。来到坑洼密集处，队员拿着木棍探了探，浅处行车没有问题，而最深的坑，水能没过半个车身。

难道要往回撤吗？不可能，这不是中国维和警察的作风，更不是蓝卫宇的性格。

队员们都知道，蓝卫宇的宿舍挂着一幅字：“慎终如始，则无败事”。语出《道德经》第六十四章，意思是做一件事到结束的时候仍然保持如开始时那样慎重，就不会失败。蓝卫宇把这 8 个字当座右铭，“我每天看它几遍，就坚定了克服困难的决心。”

不就是水坑吗，这算得了什么！蓝卫宇命队员们找来几根粗木（幸好山上不缺这个），往水坑上一搭，便成了一座“桥”。但这“桥”用料太次，车辆又格外沉重，开车上“桥”，会不会连人带车跌落到坑里？

考验队员们智慧的时候到了。

每当经过自己动手搭建或原本就横在那里的几乎与车身等宽的简易

“木桥”时，队员们便全体动员，侦查守卫、指挥引导、报告通联、人车分离等手段全部用上，通过狭长泥泞的陡坡也是如此，结果都能成功通过。

虽然杜伯曼堡距离博普鲁只有50公里，但由于路况差，行车时间竟超过了4个小时。

不仅是路难走，更有人为设置的障碍使得行车速度缓慢。当车队行至一座危桥时，忽然从附近村庄冲出10多名青年男子，他们堵在桥上，不让车队通过，扬言“不拿物品交换，一辆车也别想过去”。

蓝卫宇说：“好啊，兵来将挡，水来土掩，我们有办法！”

他一边叮嘱队员做好护卫，一边命令队员用英语发出警告，与此同时，全体队员不停挥舞手里的枪，展示我方武力的存在。

这招见效了，那拨人见队员们枪都亮出来了，再闹也不会讨到什么好处，便连声说着：“China, friends! China, friends!（中国朋友！中国朋友！）”让开了一条路。

当夜幕降临，位于杜伯曼堡的巡逻队临时宿营地内，白色的炊烟袅袅升起。有的队员来不及脱下汗湿的警服，马上点燃篝火，烧水做饭；有的负责营地警戒；有的忙于场地清理、环境消杀、帐篷搭建、车辆检修……

一时间，昔日的钻石开采之地弥漫起一股浓浓的烟火气息，干捞方便面、老干妈炒自热米饭、榨菜蛋花汤的香气四散。

这是2015年联合国陆续裁撤军事力量之后，联利团首次派员到这3个州开展武装长巡。途经各州村落时，居民们纷纷打开家门，好奇观望，并挥动着手臂，向长巡车队致意。

当地官员对长巡队伍的冒雨到访更是感激不尽，巴波卢州州长带领一众官员，提早来到主干道仅有300米长、建筑物寥寥无几的首府博普鲁，翘首恭候，迎接长巡队伍的到来。

车刚停稳，州长便热情地将队员们拉进简陋的会议室，扳着手指头诉说当地政府遇到的种种困难和酸楚：交通不便，通信不畅，执法基础差，警员都没有制服穿……这样的条件能有效遏制犯罪吗，能给当地群众带来安全感吗？不能！说着说着，州长声音颤抖，眼里泛起了泪花。

返程时，雨天道路湿滑，为避让对向驶来的一辆车，巡逻队的中巴车采取紧急制动，一下就陷入了路肩。下方就是陡坡，车如果翻下去，后果不堪设想。长巡时，中巴车主要用来装载枪械和物资，相当于一个移动的弹药库，如果处置不当，将会造成极其严重的后果。

而这一切，早在防暴队的预料之中。

蓝卫宇跳下车，绕着中巴车转了一圈，随即命令："按预定方案，部分队员警戒，其余人员和我一道，立即展开救援！"

经过 10 多分钟的紧张施救，中巴车及车上物资终于脱离险境，转危为安。

距离大选越近，各党派的权力纷争越激烈。

为近距离了解蒙特塞拉多、马吉比、马里兰、大巴萨等 7 个州的治安情况及安全形势，给不法分子以武力震慑，联合国安理会再次下达命令，由中国维和警察防暴队展开时间最长（历时 6 天 5 夜，共 132 小时），路途最远（长途机动 1470 多公里，在树高林密、泥泞湿滑的雨林道路每天行车 10 多个小时），依靠力量最少，后勤补给最难，动用人员、装备最多，横穿利比里亚 7 个州的武装长巡。

又是蓝卫宇队长主动请缨，亲自带队完成此次异常繁重和艰巨的长巡任务。

任务下达后，有几件事必须提前做：召开会议，对联利团地区安全官员、中资企业工作人员提供的路况信息进行认真细致的分析，确定行进路线；结合之前的巡逻经验，制定详尽的巡逻计划及应对突发事件的预案；

在队员中开展通信、水电、汽修、医疗等专业培训和长巡勤务战术训练。

装备、物资是极重要的环节，这一环节出现问题，后果很严重。首先，要提前调配5辆性能良好的猛士车及哈弗车，各换上4个符合长巡要求的特种轮胎。其次，要充分利用车尾厢的空间，在后座加装木板，再将物资分类存放。敞篷猛士车的物资需重叠放置，用尼龙绳捆绑加固，并在敞篷外加拉钢丝绳，确保长巡途中物资不散落。车载电台也要检修。配备并调试卫星电话。下载谷歌、MAPS.ME离线地图。最后，按《赴马里兰州哈勃执行长途巡逻和护卫勤务手册》要求，提前准备住宿帐篷、发电设备、炊事用具、各类食品、备用油料、照明系统、汽修工具、医疗药品、武器弹药等。

车辆是长巡最重要的工具，其保障是否完备，是长巡任务能否顺利完成的关键所在。

防暴队行动一分队驾驶员，同时也是车辆保障组负责人的黄文聪，接到任务使第一时间带领分队驾驶员，逐一检查调配好的5辆车的性能，并按照国内车辆年检标准，逐项对照和检查每辆车的轮胎、刹车、灯光、避震、电路、油路、空调，备好预备轮胎等，列单销号，一丝不苟。如发现安全隐患，便与后勤专业人员共同维修解决。

2017年8月9日上午8时，车队准时驶出营区大门。

在任务区，史静主要负责文电处理、维和信息研判等。长巡队伍刚离开营区，她的心便悬了起来——此次长巡，车队需横跨7个州，途经危机四伏的原始森林、坑洼不平的乡间泥路、年久失修的桥梁，往返共1470多公里，长巡小分队的兄弟们，他们能吃得消吗？他们能否战胜重重困难，安全返回营区？

史静的担心不无道理。当车队浩浩荡荡地行驶至离布坎南约1公里处时，车身便发生了一阵猛烈的震动，队员们隔着车窗往外看，发现车与

“搓衣板”路面（雨季降雨频繁，路面形成的一个个深坑）“亲密邂逅”了。更惨的是，最后面的一辆敞篷猛士车（车上载满长巡所需的保障物资）喘着粗气“趴窝”了。

“看情形，应该是左前轮爆胎漏气。”队员们的看法基本一致。

一检查果然是。

全体队员进入临战状态，展开护卫队形。

维修人员马上到位，压千斤顶、拆螺丝、卸轮胎，在最短的时间内让车辆恢复了正常。

再说当地一些民众，为了收取一点过路费，真是煞费心机，用绳子或者木条往路上一拦，便成了一个临时车辆检查站。一路上，诸如此类的站点随处可见，成为一道并不雅观的“风景”。

这不，当车队行驶至大克鲁州巴克利维尔郊外路段时，便接到前方侦察车车长尹鹏的报告：“前方有一减速带，一伙当地人正设卡拦截过往车辆，部分人手里还持有长刀等武器。”

蓝卫宇下令：“所有车辆开启警灯警笛，携带长枪的队员把枪立在身边，展示武力。”

瞬时间警笛声大作，再看车上，枪械林立，身穿防暴服的队员一个个威风凛凛，把设卡的当地人吓得够呛，立即撤掉路障，乖乖放行。

此次长巡从西到东，贯穿 7 个州，路途遥远，地形复杂多变，路上遇到的群众集会、游行次数多，道路拥堵。每天超过 10 个小时连续不断的行驶，要保证人员和车辆的绝对安全，勤务组织非常重要。他们是这么做的，前导车用离线地图等软件进行路线勘察，后方车队与之保持 1000 米左右的距离，紧紧跟随。车辆之间的通联工具是车载短波电台和对讲机。对讲机能不用则不用，以免耗电太快。驾驶员每 2 个小时轮换一次，而且是强制性轮换、循环轮换、换人换车，以保证驾驶员的休息时间。

在最容易迷失方向的雨林地带行驶，要做到路线精准无误，最好的办法是既看离线地图，又安排专人在纸质地图上对道路进行标注，路过某一路段时，及时将时间、地点记录下来，然后将离线地图与纸质地图上的标注做对比，确认路线是否有误。在手机信号较弱或信号全无的地方，利用卫星电话与指挥部保持联系，及时报告车队的位置。

下午 6 时，巡逻分队到达处于格林维尔的中国第一至第四支赴利比里亚维和警察防暴队曾经驻扎的营区。

一到营区便看见大门处挂着一条已褪色的横幅：战友们，欢迎回家！或许是第三支防暴队为欢迎第四支防暴队到来所写。营区内，一排排整齐的白色板房，门上的编号依稀可辨。升旗台静静伫立在并不宽敞的操场上，像在诉说前四支防暴队在此驻守的日日夜夜，升旗、训练、巡逻、站岗、放哨……

那棵维和前辈多次提到的被称为“信号塔”的杧果树，它还在不在？那时的格林维尔通信信号并不十分通畅，队员们要使用手机，必须爬上这棵杧果树，才勉强能接收到来自国内的信息，“信号塔”由此得名。如今，这棵杧果树依然静静挺立在这里。

驻扎在首都蒙罗维亚的第五支防暴队，与前四支防暴队相比，这方面的条件优越多了。

各就各位，卸物资、大扫除、消杀营区、生火做饭……

防暴队行动一分队一小队战斗队员王荣华，被分配到营地警戒岗位。刚到岗，他就看见一名当地男子向他走来，隔着老远就“朋友！朋友！”地喊，王荣华很纳闷，自己第一次来格林维尔，难道还会碰到熟人不成？近前一看，自己与他根本不认识。

那名男子满脸堆笑地问：“你们搬回来了？”

王荣华这才反应过来，原来，该男子把他们与 1 年前从格林维尔搬迁至蒙罗维亚的第四支中国维和警察防暴队搞混了。王荣华忙向他解释，他们是第五支中国维和警察防暴队，长巡路过此地，只是暂时在此驻扎而已，并不是常住。听到这里，男子显得有些失望。不过，他很快又高兴起来：“不管怎样，我都不会忘记你们的。这里同样是你们的家，希望多回家看看。”

利比里亚内战时，这一地区曾是反政府武装的大本营，内战结束后，这里贩毒、走私依然严重，越狱、抢劫、强奸、私藏枪支等恶性案件时有发生。大街上，手持砍刀的人也随处可见。而这名男子显然不是这类人，他善良、热情，而且为人真诚。当他得知队员们还没吃饭后，便主动带后勤保障组的队员去打水、捡柴火，甚至帮着生火做饭，一直忙到天黑。

终于，五菜一汤摆到了桌上——辣子鸡、西红柿炒鸡蛋、手撕包菜、红烧茄子、红烧鱼、鸡汤。这桌“满汉全席”是怎么变出来的？保障组的“大厨”揭开了谜底：早在出发之前，大家就到渔场捕了不少鱼，做成半成品，还杀了一头猪，把鱼和猪肉煮熟，用真空包装袋装好，速冻后放到泡沫箱保存。到达营地后，又向当地居民购买了一些食材，煞费苦心，才烹饪出这么一桌让人垂涎欲滴的美食。

队员们都等不及了，风卷残云般把饭菜一扫而光，甚至连菜汁也没剩下。

接下来的几天，几位“大厨”想尽办法做了一顿又一顿好吃的，犒劳勤务繁重的兄弟们。

休整完毕，车队进入茂密无边的热带雨林（利比里亚森林覆盖面积479万公顷，占国土总面积的58%，占西非地区热带雨林总面积的40%，是非洲第一大林区），这里树木遮天蔽日，方圆几十公里不见人烟，卫星地图也没有道路显示。没别的路可走，车辆只能在泥泞小路上艰难地往前行驶。路上深坑密布，有好几次，车开着开着便陷入了五六十厘米深的泥潭，如果没有猛士车强大的越野性能，轮胎便拔不出来了。

张莹告诉我，平均每长巡一次，猛士车的轮胎便废掉 3 个，除强烈的日晒外，另一个重要原因是利比里亚糟糕的路况。

虽然猛士车扛得住“颠簸”，但是车里的防暴队队员可就遭罪了，随着车辆的每次跳跃，人也被上下抛起，头盔“砰砰”地撞上车顶，脑袋被撞得生疼。大家不但不沮丧，还将此事拿来打趣：“这防弹（dàn）头盔果真有用，真的可以防‘弹’（tán）啊。”

当车队行驶至离马里兰州普利博约 50 公里处时，阻拦他们的不是人，而是一座桥。这座桥是用七八根木头随意搭建而成的，其中几根木头都快断裂了。能过得去吗，若是走到一半桥面断裂怎么办？真发生的话人、车、物资损失就大了。最后，经过细致勘察和认真研究，队员们一致认为可以过，但须采取老办法：人车分离，找准承重较强的位置，逐车通过。经过一番努力，终于安全通过。

进入马里兰州，前方侦察车又传来预警，在路边的一片树林里，发现了多名男子，部分人的手里还持有枪械（利比里亚没有枪械管制，战时遗留下的枪支弹药，被小股武装力量利用，甚至在光天化日之下，这些人也出来害人性命、劫人财物。政府也曾动员民众上缴枪支，用钱财置换枪支，但收效甚微，大部分枪支还是掌握在民众手里）。

此时，车辆依旧匀速前进，但大家心里是紧张的，都把精神调整到高度戒备状态。终于，几名衣着破烂、面露凶相的男子出现在车辆面前，他们伸长脖子，看了看贴在车前的五星红旗及车里荷枪实弹的防暴队队员，比画着交谈了一阵后，不敢有进一步的举动。他们一个个都退到了路边，“目送”车队通过，其中一个还伸出了大拇指。

驶出二三百米后，大家这才长出了一口气，发现由于紧张，手心里全是汗。

但大家并没有忘记，此次长巡最重要的一项任务，是为到这里参加活动的联合国秘书长副特别代表雅库伯·海罗寻找符合条件的停机坪，提供直升机守护及要人警卫。

到达目的地后，队员们不顾旅途劳顿，马上进入角色，高处观察、外围巡逻、定点守卫、机动救援……那天太阳特别猛烈，晒得人几乎都虚脱了。身上浓重的汗味引来大批蚊虫，向队员们展开群体性攻势。即便这样，大家也丝毫不敢松懈，直到耳边传来直升机“哒哒哒哒”的轰鸣。

直升机平稳降落。

指挥员下令：“要人警卫队形，迅速展开！”

一切按计划进行，没有慌乱，没有出现任何差错，直至任务圆满完成。

“你们是第一次执行这类任务吗？任务完成得太出色了，祝贺你们！”

活动一结束，联合国秘书长副特别代表雅库伯·海罗便向防暴队队员询问，得到肯定的回答后，他惊讶了，他紧紧握着蓝卫宇的手说：“中国维和警察防暴队的表现没得说，简直可以用无与伦比来形容！”

任务完成后，大家都松了一口气。却不曾想，返程途中还有不可预料的难题和波折，等着他们来化解。

2017 年 8 月 13 日，巡逻小分队完成任务返回。在距离蒙罗维亚还有 80 多公里时，因连日强降雨引发山洪，道路被毁。车辆行驶到这里，只有“望路兴叹”了。

接通卫星电话，请求指挥部派兵增援。

傍晚时分，接到巡逻小分队的求救电话时，史静心里一沉，车辆受阻，人便回不来，这是后方人员最不愿意听到的“坏”消息。她想，天快要黑了，山里毒蛇多，猛兽也多，战友们被迫在荒山野地露营，遇到毒蛇、猛兽怎么办？遭到不法分子伏击怎么办？她喝了口水，才使自己冷静下来。她拿出新修订的地图，与巡逻小分队发回的地址相对照，迅速锁定他们此刻所处的位置，然后请示上级，选点画线，规划救援路线及返回营区的路线。

经过一番斟酌，接应地点最终定在布坎南。

也就是说，巡逻小分队要多绕行 200 多公里，迂回至布坎南，与救援队伍会合，再返回蒙罗维亚。

“同志，你们是不是中国维和警察防暴队的？”

断桥边上，受阻的巡逻队员耳畔忽然传来一声乡音。一问之下才知道，原来是驾车路过此地的几位广西老乡。他们是在这里做生意的，因业务需要，常在利比里亚首都与各州之间往返。当听说巡逻小分队结束任务返回蒙罗维亚，却遇到道路被毁，正打算按指挥部的指令，绕道布坎南，与指挥部派出的救援人员会合时，老乡们拍着胸脯说，没有问题，这段路是他们跑惯了的，让他们相送一程吧。

这一绕，不仅考验队员们的体力，更考验队员们的心理承受能力。尤其夜幕降临时，下车执行警戒任务的队员，即使身上洒了花露水和防蚊液，那刺鼻的气味，仍抵挡不住成群结队的蚊虫的叮咬。蚂蚁比蚊虫更可怕，地上隆起的一个个蚂蚁窝，如不小心踩到，就会受到群蚁的攻击，轻则满身是咬痕、起水泡，重则出现过敏性休克，甚至死亡。

警戒时，队员们都小心翼翼，避开那要命的蚂蚁窝。

出征之前，后勤分队大量采购的卫生巾，此时派上了用场。长巡的时候，脚是要重点保护的，但厚重的作战靴很容易就把脚磨破，用卫生巾垫上，压力得到缓解，脚会舒服一点。

绕道布坎南的路上，好在有老乡在前面带路，遇到坑洼路面、水潭和危桥，他们总是自己先过，确定没有危险后，才让巡逻小分队通过。

这一路，天气炎热，在雨林穿梭，道路受阻，耗尽了出发时携带的所有物资，也耗尽了队员们的体力和精力。

这一路，即便每辆车都有备用驾驶员，但因路途遥远，还是免不了犯困打瞌睡。每当上下眼皮打架，驾驶员就用手拍打自己的脸，迫使自己清醒。

翌日 0 时，巡逻小分队终于接收到救援队伍的信号，救援队伍也听到了巡逻小分队传来的欢呼声。

双方终于会合！

当他们到达布坎南，与救援队伍会合时，车辆几乎耗尽了最后一滴油，驾驶员也瘫坐在座位上，许久都起不来。

救援队伍带来了司机、汽油和食物。不是锦上添花，而是雪中送炭。巡逻小分队最需要的东西，救援部队全都给予了满足。

负责接应的司机贾诺跟我说，回到营区的第二天，他们对长巡车辆进行检查才发现，猛士车的轮胎纹路已被磨平，露出了里面的钢丝，好险。

此时，指挥部里一片欢腾。一同值班的战友对史静说："他们已经会合了，你也回去休息吧，夜很深了。"史静却坐着不动："战友们还在黑暗中摸索，还在风雨里行军，我怎么睡得着呢？"

"那我们就一起守着，等战友们凯旋。"

灯，全亮了，营区里如同白昼。

一束束灯光，照亮了战友们回家的路，温暖了战友们的心。

凌晨 3 时 30 分，长巡车队进入蒙罗维亚境内。相处的时间长了，这里的每条街道、每幢房屋都成了队员们的"老朋友"。一别 6 日，终于又见面了。

事实上，从长巡分队出发那天开始，陈利华就没睡过一天安稳觉。这天，是战友们长巡归来的日子，陈利华更睡不着了。留守营区的队员也没睡，全都在门口守候着（长巡之前列队相送，完成任务归来时列队迎接，在防暴队已成惯例）。

对讲机响了，忠诚哨前，也隐隐传来长巡车队的汽车引擎声。

蓝卫宇刚一下车，陈利华便迈开两条大长腿迎了上去，紧紧抱住了他。

陈利华心肠软，眼窝也浅，当他握住蓝卫宇那瘦得像鹰爪一般的手时，这位湖南大汉的眼圈瞬间就红了。

队员们也都热烈拥抱起来，大家都流下了眼泪，不是难过，而是久别重逢欢欣的泪水。

几个女队员哭得最凶，眼睛都哭肿了。

“大家一定饿坏了吧？”陈利华命令：“枪弹入库，马上开饭！”

史静不禁破涕为笑，这是她入警以来听到的最温暖的一道命令了。

任务完成后，联合国秘书长副特别代表雅库伯·海罗夸奖中国维和警察防暴队：“你们不愧为中国的‘硬汉’，联合国军警学习的榜样！”

维和一年，防暴队共开展7次武装长巡，为利比里亚总统大选的顺利举行、为中国的海外利益和联合国人员的生命财产安全提供了强有力的保障。

联合长巡

2017 年 8 月 22 日至 24 日，在联利团防暴办的组织下，中国维和警察防暴队与尼日利亚维和警察防暴队组成联合巡逻队，赴大巴萨州布坎南市开展武装长巡。

此时恰好轮到防暴队行动三分队负责巡逻勤务，因此，此次长巡交由行动三分队来完成。陈利华政委亲自带队。

出发前，陈利华做了简短的动员讲话，明确了勤务的主要目的，并提出了具体要求。全体队员精神抖擞、士气高昂。

车队缓缓驶离营区。

大家心里明白，三天两夜的长巡，面临的风险与挑战绝非寻常，在外的衣食住行，特别是安全问题，无时无刻不牵动着防暴队领导和队员们的心。

巡逻目的地大巴萨州布坎南市是利比里亚的第二大城市。城市路况还不错，但肯定不能和我国的高速路比。经过近 4 个小时的长途跋涉，车队终于抵达布坎南。

此行第一站，任务是拜访大巴萨州的州长和警察局局长，了解大巴萨州的治安秩序、民生民意等。州长和警察局局长对中国维和警察防暴队和尼日利亚维和警察防暴队的到来表示热烈欢迎。他们高度评价了中国为利比里亚社会发展、战后重建所做的贡献，感叹地说：“中国是我们真正的朋友啊！”

走访结束已是下午，该寻找宿营地了。一开始，巡逻队计划在原尼泊尔维和警察防暴队驻布坎南的旧营地落脚，但发现那里房屋破旧，周边也没有安全防卫设施。州长提议，将巡逻队安排在州政大厅宿营。

下午 3 时，车队抵达州政大厅。

简单吃过饭，大家便兵分两路，投入工作。一路前往附近区域进行巡逻，全方位了解布坎南周边的情况；另一路则留在营地开展营区消杀、帐篷搭建、警戒区域设置等。

巡逻队中医疗队员罗傅文，提着消杀烟雾枪，将周围环境及宿舍逐一消毒杀菌。

州警察局的一名警员，听到巨大的消杀烟雾枪响声，捂着耳朵一路小跑过来，看看是怎么回事。当他看明白这是在给宿舍消毒杀菌，便请求罗傅文顺带把他们的办公楼及关押犯人的囚室也消杀一遍。

罗傅文答应了。但当他走进漆黑的囚室，开动消杀烟雾枪往囚室喷药时，忽然从里面传出“哇啦哇啦”的叫声。原来囚室里有人！罗傅文赶紧关掉烟雾枪开关。囚室里不但有人，而且还很多，还有大量的蚊子，随着囚犯的叫声一齐涌了出来。

晚上 7 时，天已黑透了，布坎南并不像首都蒙罗维亚，即便是城市中心，但灯火稀疏，全无都市的繁华与热闹。巡逻结束，炊事班长已把晚餐准备好了。从南到北，一路颠簸 10 多个小时，这时大家终于可以坐在一起，吃碗热乎乎的米饭了。大家围炉而坐，火光映在队员们的脸上，那一片片油亮温暖的红晕，十分醉人。此时此刻，一天的疲惫都已烟消云散。

布坎南的长巡之夜，已深深印在大伙的脑海里。

翌日，巡逻队到利比里亚农业公司及附近 3 个主要居民区巡逻，往返路程 60 多公里，但因道路状况差，路面坑洼，积水区域多，车队只能减速慢行。

行驶途中，队员们必须保持高度警惕，毕竟，与首都相比，这里的治安状况恶劣多了。

前往利比里亚农业公司途中发生的一件事，让队员们捏了把汗。当车队经过一个集市时，一名身材高大、留着小辫、上衣敞开的中年男子突然从一条小路窜了出来，挡在车队前面。头车紧急刹车，后面的车也停了下来。由于车队行驶速度较慢，加上驾驶员反应快，车辆并没有撞到该男子。

“驾驶员鸣笛警告。”行动三分队教导员胡泉立即用对讲机发出通知。

该男子张开双臂，眼睛恶狠狠地盯着车队。胡泉环顾四周，观察周围是否安全，转眼再看该男子，判明他身上并未携带武器，果断跳下车，与该男子进行交谈。但无论怎么问，该男子都紧闭双唇，不予回答，形势陷入僵持之中。看到联合国车队被人拦住，周围群众都很好奇，车队附近迅速聚集了近 200 人。如果不迅速对将男子进行劝离，接下来会发生什么情况，难以预料。

胡泉让两名携带步枪的队员下车，适当展示武力，而他则向一名年纪较大、面容慈祥的长者询问那男子是什么人，为何做出如此出格的举动。长者告诉胡泉，该男子有间歇性精神病，精神状态时好时坏，不时会做出一些令人匪夷所思的事，当地人已见怪不怪。他答应帮忙劝离该男子。

长者走上前去，用带有当地口音的英语向男子说了几句话，大体意思是，这是中国维和警察防暴队，是来帮助他们的，是他们的朋友。听到这些，男子的眼神和善了许多，嘴唇嚅动，想说什么却没说出口，转身离开了。人群也渐渐散去。

车队驶离该区域，前往其他区域继续开展巡逻勤务。

虽然 3 天的长巡险情不断，但巡逻队还是克服困难，完成了上级交给的各项任务。

其后，巡逻队利用闲暇时间，对沿途的社区和学校进行了走访，为困难群众和孩子送去生活用品和文体用品。

当经过马吉比州刚果镇丹尼·菲尼孤儿院时，队员们走了进去，慰问那里的孤儿。

这是几间砖砌的平房，走得近些，发现蓝色、白色的墙面上，所刷的灰大多已经脱落。铁皮房顶也布满了铁锈，许多地方还穿了窟窿。地上放了好些坛坛罐罐，下雨时，用来接雨水。

这个孤儿院是专门为埃博拉肆虐期间失去父母的儿童建立的。

院长领着 20 多名孩子，早早就等候在孤儿院的门口。孩子们衣着破烂，有的甚至都没有衣服穿，也没有鞋子穿，打着赤脚，迎接巡逻队的到来。当他们看到这支威武雄壮的队伍时，脸上马上露出羞涩的笑容，他们互相推搡着，显得那么激动和兴奋。

孤儿院分教室、宿舍和厨房 3 个区域。第一间房间，墙上的那块黑板是用木板刷上黑油漆制成的。黑板的前面，摆了两三排旧木板拼成的桌椅，算是孩子们的课桌和座椅。

但这些孩子并没有在教室里与防暴队队员交流，而是挤在一间叫作“宿舍”的房间里。此时正值雨季，雨水从房顶漏下来，把屋里弄得湿漉漉的。如果雨一直下，屋里就总是潮湿的，散发出一股霉味。

厨房又是怎样一番“景象”呢?

队员们怀着“厨房也许会好一点”的期待走了进去，一看心里更难过了。这里被烟熏得黑乎乎的，没有食物，也没有任何调料，地板上倒是放着 2 个塑料盆，不是用来盛米，而是用来接水的。灶台上有 2 口锅，其中一口烧着水，水已烧开，“突突”地在锅里沸腾，白色的蒸汽蹿上了屋顶。

“你们是在准备午饭吗？”陈利华关切地问。

院长耸耸肩："不是，孩子们早饭都还没吃呢，锅里的水就这么一直烧着，等有人送来食物，我们马上煮饭给孩子们吃。"

陈利华蹲下来，摸了摸一个孩子瘦骨嶙峋的肩，命令身边的队员："把车上一袋10公斤的大米扛进来，下米煮饭。"

米饭熟了，孤儿院瞬间弥漫着米饭的香味。孩子们笑了，很开心。

院长介绍，这个孤儿院共有孤儿47名，年龄从5岁至13岁不等。他们的家离这不远，但大部分孩子的父母已经去世了，是感染埃博拉病毒去世的。他们无依无靠，便来到了这里。

孤儿院只有3名教师，负责孩子们的教育和日常生活。虽然当地政府对孤儿院尽了部分救济责任，但是还远远不够，孤儿院更多的是依靠慈善人士施以援手，才勉强维持下来。

孤儿院经常无米下锅，孩子们没有饭吃，就以土豆和包菜充饥（有时连土豆和包菜都没有）。没有任何调料，包菜炒熟就吃；土豆煮成糊状，既当饭也当菜，境况相当凄凉。

后来，防暴队行动三分队七小队指导员黄昌贤在广西壮族自治区公安边防总队编著的《蓝翎》一书中，写下了当时的感受："听院长这么一讲，我们都忍不住一阵唏嘘，这些孩子的父母从内战中幸存下来，享受和平时光还不到10年，却在重建家园的时候被埃博拉夺去生命，留下这些嗷嗷待哺的孩子。而这些孤苦伶仃的儿童，虽然在埃博拉疫情中幸免于难，但'孤儿生，孤子遇生，命独当苦'。现在，他们奢求的不过是温饱，而'梦想''希望'和'未来'经常在这片土地缺失，眼下日子过得十分艰辛，也不知什么时候才能苦尽甘来。我真为他们的命运深感同情。"

吃饱饭，院长让孩子们坐整齐，为防暴队队员唱了一首福音歌——《我们赞美上帝》。

他们的嗓音是那么清脆明亮，感情是那么朴实真挚，队员们都被深深打动了。同时，这些孩子悲惨的境遇及生活的窘迫，也让大家心酸不已，甚至有人背过身去，用袖子擦了擦眼角。

黄昌贤本想问一个男孩今天开不开心，可话到嘴边又咽了回去。他摘下手套，摸了摸男孩的头。

离开时，队员们把车上的大米、文具、花露水等一股脑全部搬了下来，捐给了孤儿院。

分别时，孩子们簇拥着防暴队队员，直到走出大门，直到队员们上车，直到汽车开动，都舍不得离去。

再见，再见，再见……

他们不停地挥舞着小手，与防暴队队员告别。

2017 年 9 月 5 日，联利团再次下达巡逻任务书，行动三分队教导员胡泉、分队长马幸率队与尼日利亚维和警察防暴队组成联合巡逻队，到宁巴州萨尼克莱市开展武装长巡。

三天两夜的行程，安排非常紧凑：第一天前往邦加，清理联利团在邦加的营地，并展开巡逻；第二天，去往萨尼克莱市及利比里亚边境耶凯帕；第三天，与耶凯帕的警察见面、交流，然后返回。

出发前一晚，队员们几乎都没睡好觉，有人刚睡下又爬了起来，一遍遍检查，该带的武器装备准备齐没有，其他物资有没有遗漏的。

这确实不是开玩笑，跨州长巡，路途遥远，后续补给极其困难，而且还要穿越上百公里的原始森林，如果发生意外，只能靠手中仅有的储备来应对。因此从安全角度考虑，出发之前检查多少遍都不过分。

要出发了，车辆早已在营区大门口等候。等候在门前的，还有留守营区的 100 多名防暴队领导和战友。

让大家没想到的是，尽管准备工作已做得足够充分，路上还是遇到了不少意料之外的事情。

邦加是利比里亚的边境，巡逻分队早上5时从营区出发，直到晚上8时才到达目的地，一共走了10多个小时。

从蒙罗维亚到邦加，一路平安无事，可进入邦加之后，险情陡然增加。

头车报告，有几千名当地群众正在迅速集结，向巡逻车队逼近。车队行进受阻，只能减速慢行。巡逻车车速减慢，对方的速度反而加快了，人群很快拥到了车队面前，有人使劲拍打车前盖，有人敲击车的门窗（幸好车门已上锁）。

防暴队队员坐在车里，只看见车外人群神情激动，嘴巴张张合合，却不知道他们在喊些什么。双方正僵持着，一辆当地警车开了过来，并拉响警笛，试图驱散人群。防暴队的摄影师拿着相机正想拍照，被胡泉拦下了。胡泉说："你看看，路上、小山坡上全是他们的人，如果你拍照，他们也许会被激怒，很可能会全部拥过来，把车辆掀翻。安全起见，还是不拍照为好。"

行动三分队驾驶员韦飞龙此刻一手握着方向盘，一手拿枪，脚踩离合，脸上的汗直往下淌，他不停地告诫自己，人在车在，一定要稳住，稳住……车上其他队员也同样，眼睛始终盯着窗外，握枪的手一刻也不敢松懈。

眼看着冲突一触即发。这时，一名全副武装的当地警察挤了过来，连说带比画，他告诉队员们，这些人都是总统候选人乔治·维阿的支持者，他们在此集会游行，但也仅限于集会游行，并无其他目的，不会伤害大家，请大家放心。

在当地警察的疏导下，人群渐渐散去，巡逻车重新启动。

总统大选越来越近，各方势力、各个派系都在明争暗斗，互相角力。但当地群众对来之不易的和平还是很珍惜的，即便是集会游行，也基本能够保持克制，虽然小摩擦时有发生，但都在可控的范围内。

四五公里的路程，车队走了近 3 个小时，才把人群甩在车后，这时大家紧绷着的神经才松了下来。

此时又一道难题出现了，当车队按卫星定位行至离联利团邦加营地约 300 米时，却发现此路已被雨水淹没，且无法判断积水的深度。经短暂商议及向上请示，胡泉决定，派一辆状况较好的车先行探路，如能顺利通过，其余车辆后续跟进。

车辆启动时，大伙心里一阵忐忑，担心水会没过排气口，导致发动机熄火；如果车轮打滑，侧翻了该怎么办！每个人的眼睛都紧盯着车辆，生怕担心变成现实。终于，汽车踉踉跄跄、惊险万分地驶过了水路。现场爆发出一阵欢呼声。

到达目的地已是下午 2 时 30 分。这时大家才发现，联利团邦加营地只有 2 个房间，只能安排一个小队入住。中国维和警察防暴队决定，把房间让给尼日利亚维和警察防暴队，自己到附近一个中资企业投宿。长巡出发之前，防暴队已与河南国际合作集团有限公司驻邦加项目部负责人鹿经理取得联系，如有需要，请求到他们公司借宿，他们同意了。

从联利团邦加营地出来已是下午 3 时，队员们还饿着肚子呢。大家拿出随身携带的干粮（包括面包、饼干、巧克力、燕麦片、速溶咖啡等）。这种食品刚到任务区时感觉好吃，但吃多了就没了味道。在维和任务区，饮食的好与不好，不是以味道鲜美不鲜美来衡量，能提供能量、填饱肚子才是最重要的。联利团有一个强制性规定，每月必须用 2 ～ 3 天来消耗应急食品，以免造成浪费。

大家匆匆垫了垫肚子，便往河南国际合作集团有限公司赶。

当巡逻队伍再次起程来到一个地方，往车窗外看，只见一辆挂着中国国旗的汽车停在路边。这是河南国际合作集团有限公司派来接他们的车。

参加长巡的政工组干事陈俊名后来说：“看见这辆车，我以为临时宿营地就在附近了，却没想到，还要走 30 多公里路才能到达。我觉得世界上最重情义的人，除了我们中国人，再没别人了。”

河南国际合作集团有限公司位于马路边上的一个院子里。白色的围墙上写着 4 个醒目的大字：河南国际。而驱车 30 多公里来迎接巡逻分队的，正是河南国际合作集团有限公司项目部负责人鹿经理。

队员们问鹿经理，公司不难找，就在路边，为何要到那么远的地方去接队员们呢？鹿经理笑了笑说，那是他想快点见到队员们，看见队员们就像看见亲人一样开心！

干净整洁，是河南国际合作集团有限公司给队员们的第一印象。不过，大伙有点想不明白，不是说这个企业近段时间在邦加没有大型工程项目了吗，员工不是搬到蒙罗维亚居住和办公了吗，怎么一点也不像久不住人的样子呢？原来，当企业得知防暴队在该地区巡逻，并且需要到企业借宿后，企业便提前派人回来打扫卫生，还运回了各种生活物资，使防暴队队员的住宿条件和饮食条件得到充分的保障。

中国军民是怎样的一种关系？是鱼和水的关系，是白云和蓝天的关系，是不是亲人胜似亲人的深情厚谊。

4 间水泥地面的活动板房，是鹿经理特意给防暴队队员准备的，还装上了空调。与联利团邦加营地比，住得算“奢侈”了。

简单分工后，队员们便开始消杀环境、放置装备、整理个人物品……

“今晚可以美美地睡上一觉咯！”不知是谁乐呵呵地说了这么一句。

哇，好香的河南菜！队员们的食欲瞬间被调动了起来。

这是河南国际合作集团有限公司的厨师付光辉的拿手菜。

付光辉曾在中国人民武装警察部队陕西省总队服役，那段服役的经历是他此生最珍视的。听说防暴队要来企业借宿，那不是自己的兄弟要来了吗？他激动呀，一连几个晚上兴奋得睡不着觉，脑海总是浮现在部队里的一幕幕。今天，有幸在离祖国 13000 公里的地方与武警部队的兄弟见面了，不使出浑身解数，做一顿好吃的招待队员们，还算兄弟吗？

同行的联利团防暴办主任马库斯·霍恩，看见巡逻队伍得到中资企业如此热情的接待，感到不可思议，他问鹿经理："我是德国人，我们在利比里亚同样有很多公司，也有很多有钱的商人，但像你们这样无偿招待本国的维和警察防暴队队员，让我无法理解。究竟是什么原因，让你们之间的关系如此亲近、如此融洽？更何况，你们还是初次相见呢！"

"我们在海外见到自己的同胞，就像见到了自己的兄弟姐妹一样，在海外，中国人都是一家人，而且他们是赴利比里亚维和的中国军人，他们是驻利比里亚中国人的骄傲。"鹿经理回答道。

此行的勤务之一是在邦加各条街巷夜巡，维护治安。坐在猛士车内，虽然空调已开到最大（车上的空调经常出毛病），但厚重的装备层层套在身上，还是让人热得受不了，不是一般的热，是如同蒸桑拿那般难受到极点的闷热，全身冒汗，掌心发烫，太阳穴隐隐作痛，呼吸急促，胸闷，反胃……如能开窗透透气，也许会好些，但从安全角度考虑，车窗是万万开不得的。哪怕再热，也得忍着。

看见一下来了这么多防暴警察，当地居民觉得很好奇。过去，只有尼日利亚维和警察防暴队驻扎在这里，不过，2017 年 3 月他们已经离开此地，转移到首都蒙罗维亚驻扎了。那时，在邦加巡逻的都是黑皮肤的防暴警察，开的车也很一般。而今天，一群黄皮肤、黑头发的防暴警察来了，开着十分霸气的猛士车，这是民众好奇的原因。

当得知这些警察来自中国，他们从好奇转为羡慕，中国真的了不起，中国人热爱和平，不远万里来到利比里亚，为维护这个国家的和平安宁出力。中国人很友好，一见面就嘘寒问暖，送礼物给他们，有时还把他们的孩子抱在怀里，这样的朋友是值得结交的。

当地那些半大不小的孩子，对中国防暴队队员更是极尽热情，如果你想去邦加的某个地方，又不认识路，一群孩子会抢着给你带路。一路上，他们在你耳边说着带有浓重非洲口音的英语，吵得让你简直有点受不了，但更多的是温暖和感动。虽然他们缺吃的少穿的，但是他们的眼神是那么清澈，对美好事物充满好奇和渴望，这是多么好的一种品质啊，如果能创造条件，让这种品质发扬光大，那该多好。

第二天一早，队员们匆匆吃过鹿经理精心准备的早餐，便驱车前往帕拉拉镇，与尼日利亚维和警察防暴队会合，再赶往宁巴州萨尼克莱市及利比里亚边境耶凯帕。

行进途中，天空忽然乌云密布，隆隆的雷声从云层深处传来。没过多久，豆大的雨点便乒乒乓乓地砸在了猛士车的前窗和车顶。

从帕拉拉镇到萨尼克莱市，要穿过一片原始森林，而且是冒雨穿越，难度可想而知。本来就很糟糕的路况，加上瓢泼大雨，约 100 公里的路程，联合长巡队伍竟走了 3 个多小时。

第一站是走访当地警察局。

经走访得知，总统选举对当地居民的日常生活影响并不大。该市人口较少且住得较分散，偶尔会有游行集会，但人数并不多，规模也不大，社会治安总体稳定（稳定是最重要的，它是总统大选顺利进行的先决条件，也是长巡最想获得的信息之一）。

接下来是参观萨尼克莱州立小学。刚进校门，孩子们便齐声高喊：“China! China!（中国！中国！）”，校长领着队员们来到一、二年级的教室（因教室数量有限，这两个年级共用一间教室，一个年级上课时，另一个年级的学生便在一旁写作业）。

简单介绍之后，孩子们便围了过来。队员们开始教他们“你好”“谢谢”“再见”等简单的中文，并把书包、足球、中国国旗、利比里亚国旗及联合国国旗发给他们。

手里摆动的一面面旗帜，把孩子们天真烂漫的脸映得红扑扑的，画面美极了。

该去耶凯帕了。

查看地图，从萨尼克莱到耶凯帕一共 34 公里，一路几乎都是遮天蔽日的原始森林，给长巡带来很大的不便和挑战。其中，影响最大的是通信。防暴队队员手机用的是利比里亚本地 4G 卡，在蒙罗维亚信号还可以，离蒙罗维亚越远，信号越差，进入原始森林，更是信号全无。

由于距离营区太远，车载电台接收不到信号。且雨季云层较厚，海事卫星电话也从开始时的断断续续，到最后彻底没有信号。

这一刻，队员们与外界完全失去了联系。

紧要关头，车辆千万别再出状况啊，如果车辆抛锚“趴窝”，任务就完不成了。

前方出现一个集市，一打听，正是耶凯帕。

“哈，是耶凯帕呀，我们终于到耶凯帕了！”

到了耶凯帕，手机信号终于恢复了。向指挥中心汇报情况后，顾不上休整，巡逻队又按计划向另一片原始森林驶去，过了那片森林，利比里亚边境就到了。

“前导车报告，现在我们离利比里亚边境只有 10 公里了。”语气兴奋，透着即将到达目的地的欢欣。

但没高兴多久，对讲机又响了起来：“前导车报告，车辆出现故障，请求随车修理员进行修理。”大家高涨的情绪一下冷却下来，遂又跌至谷底。

车辆在原始森林抛锚，是大家最不愿看到，也是最难处理的一件事。幸运的是，此时天已放晴，巡逻队可通过海事卫星电话与指挥中心联系。

他们边汇报情况，边等待修理员运用他们精湛的技术，把车辆修好。

雨季的原始森林，泥潭深藏在雨水之下，绿曼巴蛇、蟒蛇、蝮蛇潜伏于密林当中，鳄鱼、豹子、猩猩蠢蠢欲动，伺机伤人。因此，巡逻队组成了防御队形，部署在车队周围，加强警戒，以防不测。

等了半天，汽车并没修好。不是修理员技术不过关，而是发动机零配件已损坏，不换零配件，再怎么修都没有用。经与尼日利亚维和警察防暴队商量，中国维和警察防暴队方面当机立断，用其中一辆猛士车拖着故障车，返回邦加营地，并联系指挥中心，派专人将零配件送到邦加。联合长巡队伍亦全数返回。

5 辆车有 1 辆出状况，人只能挤在 4 辆车上，拖着那辆损坏的车，以时速 20 公里的超慢速度，驶上了往邦加方向的泥泞道路。都说修车是门技术活，其实拖车的技术含量更大，需要拖车与被拖车的驾驶员默契配合，劲往一处使。如遇泥潭、水坑、拐弯、上下坡等特殊地形，拖车太快了不行，太慢了也不行，拖车要与被拖车保持相同速度，否则，会导致被拖车承受不住突然拉扯的张力而侧翻。

车队一路前行。到了晚上，天黑黢黢的，万一过路车辆看不清路，“加塞”进入车队，被拖车绳“绊倒”怎么办？如果出现这种情况，问题就严重了。队员们反复研究，定下了解决方案：将反光背心缠绕在拖车绳上，让其他车辆远远便能看见，将危险系数降低。

这办法奏效了。晚上 9 时，长巡队伍终于回到了邦加。当队员们看见河南国际合作集团有限公司那扇熟悉的大门时，激动得眼泪都快流出来了。

第二天一早，长巡队伍接到通知，邦加警方另有安排，会面取消。

大伙归心似箭，只想赶紧回去，回到温暖无比的蒙罗维亚营区，见到分别了几天日夜想念的战友。

进入蒙罗维亚的第一件事，就是与指挥部取得联系，通知留守的兄弟姐妹他们回来了！

对外出巡逻，防暴队队员都有切身体会，在所有勤务中，这是最辛苦、最繁重的一项勤务。任务虽繁重，但有收获。当队员们按照任务书的要求，驱车前往分散在各州的居民点，了解当地治安状况时，当地居民热情地与他们打招呼，孩子们模仿他们的动作，给他们敬军礼。当得知眼前这些人就是大名鼎鼎的中国维和警察时，当地人咧开嘴笑了，笑得那么真诚，说出的话都发自肺腑："Chinese and Liberian are good friends!（中国人民和利比里亚人民是好朋友！）"离开时，当地人会追着汽车跑，直到汽车走远了，再也看不见了才停下来。

所有这些，都是一副安抚药，让队员们感到欣喜和安慰，受再多的苦，有再多的累，又算得了什么？

2017 年 9 月 11 日，下了很久的雨终于停了，乌云散尽，晴空万里。

这天，防暴队行动三分队九小队的队员们早早便起床了，洗漱、吃早餐，穿戴装备，准备出发。

联利团在下达的任务书里注明，此次联合巡逻，目的地是博米州加岩希尔镇，距离营地 100 多公里。路程不是太远，但沿途都是原始森林、山地和高坡，路很难走，如被不明路况耽搁，就只能在原始森林露营了。

上午 8 时整，巡逻小队前往联利团星基地，与军事观察员会合。会合后，大家围着地图，简要讨论了此次联合巡逻的有关情况，制定了巡逻方案。军事观察员的主要职责是走访加岩希尔镇的官员和居民，了解当地的治安状况及总统大选之前的形势。防暴队则为军事观察员的走访提供保护和安全警戒。

巡逻车队从联利团星基地出发，经蒙特塞拉多州，一路向北，朝着此行的目的地驶去。

此次跨州联合巡逻，正值利比里亚总统大选进入白热化阶段，所到之处，满街都是各党派候选人的竞选海报。情绪高涨地举着标语牌、高呼口号的游行队伍也随处可见。

由此看来，形势已发展到“箭在弦上，张弓待发”的地步了。

巡逻车队经过杜拉市场时，迎面遇上多支游行队伍，目测每支均超过100人，这些人异常亢奋，都在为各自的支持者高声呐喊，以助声威。

杜拉市场是蒙罗维亚最大的商品交易市场，过往车辆多，人员密集，加上人数众多的游行队伍，随时都有可能发生群体性暴力事件。军事观察员决定避开人群，取道另一条备用路线赶赴加岩希尔镇。

加百利·塔克大桥是从营区到蒙罗维亚市区的必经之路，在一年的维和历程中，猛士车不知在桥上走过了多少回。

加百利·塔克大桥底下是著名的圣保罗河，河水日夜不停地向着大西洋奔流而去。在桥上眺望，可见大片的香蕉树、棕榈树、杂树丛和青草地，色调由浅至深，绿意葱茏，极富层次感。

经过3个小时的颠簸，终于看到一块路牌：Welcome to Bomi（欢迎来到博米州）。博米州终于张开臂膀，热情地迎接远道而来的客人。

但别高兴太早，到加岩希尔镇还有一段很难走的路，如果你想了解什么叫“山高林密，人烟稀少”，到这条路走走就知道了。雨季的时候，这里道路泥泞，到处都是水坑，更有一些深不可测的“池塘”。桥倒是有，可都是些用原木随意搭建的简易“桥梁”。过桥一定要人车分离，且驾驶员须具备准确的判断力、高超的驾驶技术，才能走得了这条路。

中午12时，车队终于抵达联合巡逻的目的地——博米州加岩希尔镇。说它是镇，却更像一个村庄，这里人口太少了，仅有4000多人。镇里几乎没有楼房，全是低矮破旧的小平房。卫生条件也差，全镇只有1间小诊所，并且只有护士，没有医生。缺医少药，居民生病了完全得不到有效医治。

可是，当地的孩子很可爱，笑容带有一丝羞涩，就像盛开在非洲大地的香草花。

最初的时候，这些孩子见到队员们手里的枪，有些害怕，不敢上前。渐渐地就不怕了，他们绕着猛士车，仔细地瞧，胆大的还伸出手来摸一摸，像是抚摸一件心爱的玩具。

走访结束返程时，镇里的大人和孩子都像是跟队员们相处了很久的熟人一样，不舍得队员们走，拥到路口送别。他们脸上露出温暖的笑容，挥着手臂与队员们道别，直到车队走了很远，也不舍得放下。

再会，加岩希尔镇。朴实善良的加岩希尔镇居民，如果有机会，我们还会来的。

让防暴队行动一分队三小队指导员李想记忆犹新的，是 2017 年 11 月 2 日那次联合巡逻，该小队接受命令，护卫联合国驻利比里亚特派军事观察员赴曼巴区了解社情民意。当车队驶进一条又窄又长的小巷（巷子两侧全是木板房和铁皮房）时，巷子一下拥出成百上千的人，面对这种状况，观察员却强烈要求下车，他要看看到底发生了什么事。队员们很着急。负责此次行动的李想，一颗心更是提到了嗓子眼。

“警卫组保护观察员，护卫组保护车辆，行动！”李想干练果决地发布命令。

队员们迅速展开战斗队形，在观察员周围形成一个安全的警戒圈。

黑压压的人群潮水般涌了过来，看得大家头皮发麻。

人多的地方，必然暗藏着危险，这是经验，谁也不可否认。

李想后来说：“人群里，有人用眼睛直勾勾瞪着你，有人高声叫骂，有人向防暴队队员做出不堪入目的侮辱性手势……”

但无论如何，都无法阻挡中国维和警察防暴队执行任务，这项任务无比重要，必须尽快想办法让眼前这群人把路让开！

李想冲到了最前面。

他边用英语发出警告“Back, Back!（后退，后退！）”，边拨开人群，引导车队往前走。

领头的几个人，凶神恶煞，号叫着逼了上来。李想用自动步枪使劲拍打防弹衣，发出的声响把他们镇住了：对方手里有武器，再不撤，或者撤晚了，小命也许就没了。他们的脚步慢了下来。又看见李想指着巡逻车上的五星红旗，高喊道：“China, we are China FPU!（中国，我们是中国维和警察防暴队！）”人群这才把注意力集中到五星红旗上，他们被“中国”二字震住了。

陈利华政委说：“孤悬海外，需要‘中国力量’，更需要‘中国智慧’。”此话极对。

车队在李想的引导下，在李想的搭档、小队长韦肖的大力配合及全体防暴队队员的通力协作下，突出了重围。

直到这时，观察员才得以步入民居，进行采访。

室外，防暴队队员各就各位，加强警戒。

而李想与谢礼杨则以背靠背的方式保护车辆。

恰在这时，一辆三轮摩托车以每小时 20 公里的速度，猛地朝李想冲过来。说时迟那时快，情急之下谢礼杨拉了李想一把。而那辆油门“轰轰”作响的三轮摩托车擦着李想的鼻尖冲出去很远。

2018 年 1 月 11 日，离总统大选只有 10 天了，牵动整个非洲大陆神经的、真正体现选民意愿的利比里亚总统选举进入倒计时。

根据联利团行动计划安排，防暴队巡逻小队需武装护卫军事观察员，前往利比里亚蒙特塞拉多州伯恩贾玛村进行联合巡逻，了解那里的治安状况是否对大选构成威胁。

军事观察员共2名，一女一男，分别是来自加纳的阿吾梅女士（本次行动的负责人）和来自尼日利亚的奥瑞吉先生（主要负责汽车驾驶和文字记录）。

车队驶出营区，沿蒙罗维亚土布曼大道一直往前开，渐渐将市区抛在了车后，进入遮天蔽日的热带雨林。进入丛林便如同误入迷宫，方向难辨，真担心一旦进入便走不出来了。

车队在密林中走走停停，3个多小时才走了50多公里路。

行驶至距离目的地约3公里处，车队被一条只能过一个人的小桥拦住了。经简短商议，决定留部分人员看守车辆和物资，其余人员下车徒步，穿过雨林，前往伯恩贾玛村。

在热带雨林行走，对大伙来说并不是第一次，可探访雨林中的村落，是为数不多的一次。根据联利团的安全预警，当地政府管控能力较弱，导致各类案件频繁发生。因此，一路上大家始终保持高度警戒，随时做好应对突发事件的准备。

半小时后，终于抵达目的地。

伯恩贾玛村，名为“村”，实际是由9间茅草房组成的一个小部落。

大家简直不敢相信，那一间间摇摇欲坠的茅草搭建的房舍，竟是用来住人的。

吴茂辉推开一扇门，让他有生以来第一次真正感受到了什么叫“家徒四壁”——这间不到3平方米的屋子，除一床破烂的毯子外，什么东西也没有。更令人难以置信的是，里面竟还住着一家大小10口人！

路过一间茅屋旁，一个十四五岁的小姑娘引起了大家的注意，她的肚子鼓鼓的，正在烧红的炉子上烤着什么。上前一看，原来她快要当妈妈了，烤的是一块带毛的肉。望着被烤得“吱吱”作响的肉块，闻着烧焦皮毛发出的刺鼻气味，队员们喉头不禁一阵抽搐，顿时觉得一阵反胃。

几个村民主动带路，帮助军事观察员找到了此次采访的对象——詹姆斯·康纳。这位老先生是该村的主任，已年逾 70 岁。

简短寒暄之后，军事观察员打开了采访本。

眼前这个村子，隶属蒙特塞拉多州的本森维尔警察局管辖，全村共 57 口人，全部为同祖同宗。这个家族世世代代生活在这片热带雨林当中，以种植水稻、玉米、木薯和打猎为生。附近没有诊所，医院对他们来说是一种奢望。公立学校倒是有 1 所，但离村子很远，步行需近 1 个小时。

这里的治安非常差，常有不明身份的人到村里来抢劫，好在他们只是为了谋财，而不至于害人性命。遇到此类情况，村民从来都不报警，理由是警察局离这里太远了，报警没用。村里从没有来过警察，更别指望警察破案了。

军事观察员还向当地民众了解到，这里的失学率很高，许多孩子无书可读。他们的父母 80% 以上没有读过书，当然意识不到拥有文化知识的重要性。在这里，女孩是最可怜的，不但没有书读，而且年纪很小就要嫁为人妻，怀孕生子，前面提到的那个小姑娘，怀的已是她的第二个孩子。在伯恩贾玛村，这样的女孩不止一个。

由于贫困，当地许多人一天只吃一顿饭。生活水平低下，医疗条件落后，人们的平均寿命不到 50 岁。70 多岁的詹姆斯·康纳，算是这里的“寿星”了。

防暴队队员陷入了沉思。利比里亚建国已逾 170 年，在近两个世纪的历史进程中，这个国家的经济也曾经辉煌。20 世纪初叶，这里的橡胶种植业不仅为利比里亚政府带来了稳定的收入，还解决了很大一部分人的就业问题；而后，深藏于地壳内部的丰富铁矿石资源，也吸引了大量国际投资，换取了巨额的外汇收入；到了 20 世纪中后期，仅是为来自世界各地的船舶提供注册服务，就让利比里亚政府赚了个盆满钵满。

那么，贫穷是如何造成的呢?

毫无疑问，是战争。

14 年接连不断的国内战争，正是这个国家积贫积弱、人民群众连饭都吃不上的根本原因和祸端。

要打一场翻身仗，使人民群众的生活重新好起来，要靠人民群众自己。

大选在即，当地政府积极谋划，在公立学校设了一个投票点，放置投票箱，动员村里有投票资格的 21 名村民踊跃投票，选出能带领他们走出贫困、走向富裕的国家领导人。该村村民积极响应政府的号召，一个不漏全部投了票，而且大部分人把票投给了民主变革联盟候选人乔治·维阿。

村民们的心里怀着一个美好的梦想，这位出生于贫民窟的足球明星，人生旅途十分坎坷，与他们的命运极为相似，若是由他上台执政，也许能设身处地为民众修公路、建医院，把破旧的学校修葺一新，想方设法解决长期困扰村民的卫生饮水及用电问题。

愿他们梦想成真。

第六章　China is great!（中国真棒!）

中国联络官

“在你心里，联络官是个怎样的角色？”

这是 2017 年初维和选拔面试时，考官罗米提先生向邹薛峰提的一个问题。

邹薛峰回答：“是一座桥，连接着不同的语言、不同的文化、不同的肤色、不同的信仰，在多元的世界里寻找契合的区域。”

罗米提先生很满意。

邹薛峰也因此得到了他想要的联络官职位。

邹薛峰毕业于广西大学英语专业，英语水平专业八级。我在电视上见过一些超棒的外语翻译人员，确实了不得，他们能把发言人的讲话内容即时口译给听众，这就是同声传译的魅力所在。而邹薛峰的英语翻译就达到了这样的水平。

他曾参加部队的演讲比赛，获得过一等奖，比武竞赛也获得过第一名，能文能武。他既是军人，又兼具翻译、外交官等综合素质。这恰好符合联合国对联络官的严苛要求。

这，就是刚三十出头的邹薛峰。

邹薛峰十分清楚，联络官是防暴队最重要的职位之一，要负责防暴队与上级机关、各友邻部队、当地政府及民众的沟通联络，负责情报的收集和研判、重要文件的翻译及重大外事活动的组织等。

作为防暴队与外界沟通的重要纽带和桥梁，联络官的作用发挥好了，能为防暴队创造一个良好的外部环境，为更好地完成各项维和任务提供有力的保障；发挥不好，会导致内外沟通不畅，影响各项工作的顺利开展。

维和行动既是军事行动，也是外交博弈。维和人员虽隶属于联合国，但都来自各主权国家，是各国派出的代表。因此，联络官要代表自己的部队主持召开各种会议，联络和接待外国友人、联合国官员及当地官员等。总而言之，联络官就是一个不折不扣的“外交部长”。

对外，联络官是办理外交事务的人员；对内，联络官是中国维和警察防暴队最高首长的参谋、助手、翻译、随从（首长去哪，便跟着去哪），也可以说是首长大脑的延伸。

防暴队驻扎在蒙罗维亚自由港，邹薛峰和其他防暴队队员，每天进出港口都要经过利比里亚国家港务局设置的门岗。这里的门卫看着也不像乞丐，但远远看见防暴队队员过来，必然伸手问要东西。就是在这里，邹薛峰第一次见识了利比里亚人的“等、靠、要”陋习。

他们等着你来，靠你施舍，见到你时，会觍着脸，向你讨要饼干、糖果等小食品，甚至是花露水、风油精（当地人基本都会用汉语说“风油精”这3个字）、手电筒、水鞋、手机等。

女队员史静跟我说，一次巡逻，他们穿越一片原始雨林，却没想到密林深处竟然有人居住。居民们看到车队来了，高兴极了，远远就朝车队招起了手，孩子则成群结队，跟在汽车后面跑。一开始队员们还感动得满脸都是笑，可是，下一幕让队员们的表情僵住了。当地人手心朝上，嘴里都在喊着：“给我们点钱，给我们点水和食物。”有些孩子还做出拿食物往嘴里送的动作。

利比里亚一些民众为何如此懒散，防暴队队员怎么也弄不明白。这靠临近海边，海产丰富，有着种类繁多的海产品可以食用，但他们中的大多数人宁愿饿肚子也不吃鱼，理由仅仅是懒得挑鱼刺。很多人也是因为懒，宁愿低声下气地伸手向人讨东西，也不愿找份工作，自食其力。

利比里亚的“讨要文化”让人很无奈。甚至当防暴队向利比里亚国家港务局提出要与他们开展国际警务合作时，他们首先考虑的是“这么做了，你们会给我们什么”。这不免让联络官邹薛峰有些寒心。

为扭转他们“不劳而获”的思维方式，邹薛峰受防暴队指派，奔走于港务局各部门之间，不厌其烦地向他们解释，中国维和警察防暴队之所以希望与利比里亚国家港务局开展警务合作，是因为随着利比里亚大选的临近，自由港区治安形势日趋严峻，非常形势下，双方应通力合作，加大对辖区治安的整治力度，在社会动态、社情民意、恐怖活动等信息及情报共享的基础上，完善风险预警和形势研判机制，维护一方平静安宁。

让邹薛峰颇感意外的是，利比里亚前总统之子、港务局副局长塞缪尔·多伊对防暴队的提议投了赞成票。多伊认为，这是改变利比里亚执法机关落后理念的大好时机，此事应尽快推动落实。

塞缪尔·多伊虽是副局长，却是分管警务合作的领导，他的认可，无疑给邹薛峰打了一剂强心针，他的信心又回来了。

邹薛峰马上行动，与塞缪尔·多伊的秘书加班加点，反复推敲合作的有关内容和细节，草拟合作文本。

经双方不断磨合、不懈努力，2017 年 7 月 10 日，防暴队与利比里亚国家港务局联合召开会议，正式签署执法合作会议纪要，明确了“沟通联络、联合行动、整治治安、情报共享、友好互助”等 5 个方面的内容，并详细列出“突发情况行动配合、海港警察警务实战技能培训、港务局实现能力重建”等细则。

首次联合执法效果显著。共对 37 人进行了盘问审查；对 1 名持无效证件违规进入限定区域的人员实施扣押；对 1 名涉嫌盗窃电缆的嫌疑人实施逮捕。

“最让我感到欣慰的不是打击了违法犯罪分子，而是海港警察在联合执法的过程中，在我们这里学到了规范标准的执法程序与执法理念，这才是最可贵的。”合作初战告捷，让邹薛峰倍感欣慰和自豪。

塞缪尔·多伊副局长在反馈会上动情地说：“谢谢你们不远万里来到利比里亚，为这里的人民带来和平与智慧。”

“你们每次优异的表现都是我们进一步了解中国的窗口，你们其实就是中国改革开放发展成果的缩影。你们不仅完成了联利团赋予的任务，还通过实际行动传播了敬业的态度、专业的知识与精湛的技能，这是联利团警察工作的一大突破。感谢中国维和警察防暴队为和平事业所做的无私奉献。”联合国秘书长特别代表法里德·扎里夫的讲话，更让防暴队队员备受鼓舞。

维和选拔面试时，罗米提先生还问邹薛峰：“利比里亚任务区现在有超过 40 个国家的军警及民事人员，你认为大家契合的区域在哪里？”

“在于人性的善良。”

《道德经》曰：“天下皆知美之为美，斯恶已。皆知善之为善，斯不善已。”大意是：天下的人都知道美的标准是什么，那么相反的丑的标准也就被确定下来了；天下的人都知道善的定义是什么，那么相反的恶的定义同时也被确定下来了。

那么，当中国维和警察防暴队带着善意，给利比里亚人民提供帮助的时候，一些利比里亚人却说“这么做了，你们会给我们什么”，难道这些人走到了善的反面，是遭人嫌弃的“丑恶”的人吗？

邹薛峰说，他们的行为并未上升到“丑”与“恶”的程度，“懒散”这个词用在他们身上似乎更合适些。要让他们改掉懒散的陋习，需要有人去引导他们，改造他们，训练他们的劳动技能，给他们安排力所能及的工作，帮助他们自食其力。这些工作，防暴队一直在做。

虽然利比里亚维和力量在逐步裁撤，但是联利团的工作并未停止，联利团成员仍在高速、高效地运转着，似乎铆足了劲，在为这个国家的发展，为这个国家仍旧脆弱的和平保驾护航。

最美中国旗手

2002 年，联合国大会将每年的 5 月 29 日定为“国际维和人员日”，以感谢为世界和平做出卓越贡献的各国维和人员。

2017 年 5 月 29 日，联利团在泛非大厦总部举行活动，缅怀在利比里亚牺牲的国际维和人员，以及在马里牺牲的利比里亚维和军人。

中国维和警察防暴队获邀参加，并与尼日利亚、巴基斯坦、乌克兰等国家的维和部队及利比里亚武装部队、国家警察一道，接受联合国秘书长特别代表法里德·扎里夫和利比里亚总统埃伦·约翰逊·瑟利夫的检阅。

活动中，中国维和警察防暴队仪仗队与其他国家的维和部队仪仗队一道，登场亮相。

5 月是利比里亚的雨季。在我国岭南一带，流传着这么一句谚语：“四时皆是夏，一雨便成秋。”但在利比里亚，雨天和晴天，一日之内可转换若干次，刚刚还是大雨如注，眨眼工夫又是骄阳似火。

这天，持续 3 个多小时的活动始终在烈日的炙烤下进行。活动主要由阅兵、向烈士敬献花圈、默哀和升旗等环节组成。

中国维和警察防暴队的李想，被联利团指定为活动的升旗手。这是中国维和警察第一次担任联合国重大活动的升旗手，也是中国维和史上的第一次。

当李想手捧联合国国旗，身姿笔挺地站在旗杆下方时，时间仿佛凝固了，而他内心深处却极不平静。他默念着一个个中国维和先烈的名字，感觉手里捧着的那面旗帜热得发烫。

在联利团官员、利比里亚政府官员、社会各界知名人士、尼日利亚及中国维和警察的共同期待下，联合国国歌唱响：

“太阳与星辰罗列天空，大地涌起雄壮歌声。人类同歌唱崇高希望，赞美新世界的诞生……”

这首歌，李想用两个星期的时间反复聆听，每天晚饭后准时到写着“和平万岁”的升旗台前（这支队伍是中国赴利比里亚维和警察防暴队的收官队伍，因此，又在背面写上“中国第五支赴利比里亚维和警察防暴队”字样，以作纪念），跟着节奏练习升旗。他从小学习音乐，萨克斯吹得很好，节奏对他来说没有一点问题，他担心的是动作与音乐不同步、不一致。

功夫不负有心人。松索，挂杆，甩旗，动作干净利落。

联合国国旗伴着联合国国歌同步上升，国歌唱毕，国旗恰好升至旗杆顶部。

任务圆满完成。

望着天蓝色的联合国旗帜高高飘扬，他心里在大声疾呼：我，一名中国军人，一名中国维和警察，今天，就是现在，在这里为世界和平升旗，为我们伟大的祖国升旗，我为此而骄傲，而自豪！

活动当天，烈日炎炎，太阳像是要把人们的每一滴汗水蒸干，当地人都险些受不了，但中国维和警察防暴队方阵中，队员们却纹丝不动，像铆在地上的一根根铁桩。

中国维和警察防暴队方阵的出色表现，得到了联利团官员、利比里亚总统埃伦·约翰逊·瑟利夫及政府官员的一致赞许。

尼日利亚维和警察防暴队对中国维和警察防暴队取得的成绩赞赏有

加。活动结束后，尼日利亚方阵的指挥官快步走向中国方阵，边走边说："China, good job!（中国，好样的！）"

活动中，联合国秘书长特别代表法里德·扎里夫指出，维和行动是联合国服务人类命运共同体的重大事件，是服务和帮助利比里亚国家重建社会秩序和发展经济的重大举措。在联利团入驻利比里亚任务区 14 年的时间里，联合国维和行动得到了利比里亚政府和人民的大力支持，感谢利比里亚为人类和平事业所做出的贡献。在各方的共同努力之下，利比里亚社会秩序逐步稳定，经济正在快速发展，相信利比里亚会有一个美好的未来。

利比里亚总统埃伦·约翰逊·瑟利夫代表利比里亚人民，对联利团 14 年来为利比里亚和平与稳定做出的无私奉献表示感谢，并向为维护世界和平事业献出生命的维和人员致以崇高的敬意。同时，还向包括中国在内的为利比里亚重建提供帮助和支持的国家表示衷心的感谢。

法里德·扎里夫和埃伦·约翰逊·瑟利夫检阅中国维和警察防暴队时，高举军刀、护卫于他们左右的，正是中国维和警察防暴队仪仗队队长李想。

法里德·扎里夫和埃伦·约翰逊·瑟利夫异口同声，都夸李想是"好样的"。

李想的成长经历就是一个励志故事。他的父母都是军人，小时候，他跟着父母去天安门广场看升国旗，看见国旗护卫队迈着整齐的步伐走向升旗台，心中感叹：多威武啊！从那时起，这个北京男孩就立志当兵，做一名光荣的升旗手。长大后，他长了一米八的个头，身材匀称，浓眉大眼，配上高高的鼻梁，可以说是要身材有身材，要颜值有颜值，完全符合国民对"兵哥哥"的所有幻想。

2007 年末，他参军了，实现了儿时的梦想。

到离家 2000 多公里的广西壮族自治区公安边防总队服役，与在北京相比，他面临的最大考验是这里的天气。北京的冬天寒冷干燥，广西则阴冷潮湿。刚来的时候，他不太适应，手脚长满了冻疮，又红又痒，难受到了极点。但他适应性极强，几个星期后就习惯了，冻疮也没了。用他的话说，这是他的第一次蜕变。

当兵第二年，他就凭借着优异的身体条件入选广西壮族自治区公安边防总队仪仗队，进行军姿（仪仗队队员首先要求站姿挺拔、自然，能在凛冽寒风和炎炎夏日纹丝不动站立 3 个小时以上）、正步（这是仪仗队的基本步伐，也是智力、耐力的培养和锻炼）和表情（要在迎风和光照直射状态下，坚持 30 秒不眨眼不流泪）训练。他果断刚毅，每天坚持训练至少 7 个小时，手上磨出了血泡，鞋底踢出了洞，声音喊得嘶哑，终于练就了一身过硬的真本领。这是他的第二次蜕变。

2014 年，25 岁的李想已是广西崇左市边防支队浦寨边境检查站勤务中队一名年轻的副指导员。不过，他不是以副指导员的身份，而是以优秀仪仗队队员的名义，参加了在广西凭祥市友谊关举行的中越边境平安建设年阅兵仪式，并荣任仪仗队执行队长，也是仪仗队的头牌标兵——升旗手。

在中越两国嘉宾的目光聚焦之下，他手握军刀，踢着正步，向国旗敬礼，获得了一名中国军人最想得到的荣誉。国境线上高高飘扬的五星红旗，让他感受到了肩上使命的沉重。使命在前，荣誉在后。

李想 28 岁时，中国组建第五支赴利比里亚维和警察防暴队。他顺利通过考核，穿上维和服装（左胸是国旗，右胸是姓名），戴上蓝色方巾与贝雷帽，成为一名光荣的中国维和警察防暴队队员。

到任务区不久，李想就因各方面成绩特别优异，引起了联利团和利比里亚政府的注意。

联利团和利比里亚政府常到中国维和警察防暴队营区参观学习，防暴队便组建了一支仪仗队伍，迎接嘉宾们的到访。李想拥有国际活动升旗的经历（防暴队只有他一人有过此类经历），成为仪仗队队长的不二人选。

正应了陈利华政委的一句话："让专业的人干专业的事。"

仪仗队队长光不光鲜？光鲜。好不好当？说实话，并不好当。要在繁忙的勤务和学习之余，带着一队仪态端正、操行良好，却没有任何仪仗经验的年轻队员站军姿、踢正步、走队形，这事可不是那么好干的。

别看许多重大仪式中，仪仗队队员的表现似乎很轻松，但其实这种队列训练是所有训练中顶级的训练，其中的苦辣酸甜一言难以道尽。而仪仗队队长更是仪仗队的灵魂，动作要求分毫不差，挥臂、举刀、脚步、眼神、声音必须高度协调一致，这给李想带来很大的心理压力。但他深深知道，这是代表祖国在接受检阅，容不得半点懈怠和失误，一定要做到"非专业的身份，专业的水准"。为了向这一目标靠近，他甚至都不舍得跟远在北京的女朋友视频通话，而把手机流量省下来，下载有关仪仗训练的学习资料，边看边学。于是，有那么一段时间，大家在食堂、走廊、宿舍甚至是洗澡房，都能看到这个帅气的大男孩一遍遍地练习仪仗动作，嘴里还念念有词。大家都说他是"走火入魔"了。

经过持续不断的努力，全套动作终于被他拿了下来。

仪仗队的进步大家有目共睹。在接下来的维和日子里，每天清晨，李想领着 24 名仪仗队队员踢着正步走上升旗台，在 100 多名战友的注目之下，面朝着祖国的方向，把五星红旗升到旗杆的最高处。

这一年，李想率领仪仗队的小伙子们，共参加各类重大仪式 20 多次。仪仗队，成了中国维和警察防暴队又一张亮丽的名片。

这一年，李想想起小时候读过的一篇课文："无论在什么情况下，红旗绝不能倒下，这是旗手的责任。"在遥远的西非，他怀着战胜一切困难，完成维和使命的坚定信念，让五星红旗在这个地区的上空高高升起。

这一年，他用标准规范的动作，为祖国升旗 50 多次，在非洲大地扬了中国的国威，长了中国人的志气。

这一年，有颜值、有才华、有本领、有信念、作风硬的李想，被冠以“中国第五支赴利比里亚维和警察防暴队形象代言人”的称号。

这一称号，他当之无愧。

每天清晨 6 时 10 分，当第一缕阳光从辽阔的大西洋东面升腾而起，照在忠诚哨旁那棵绿影婆娑的杧果树的枝叶上，防暴队的升旗仪式便准时开始了。

100 多名防暴队队员警容严整，庄严肃立于营区中部的升旗台前。

“齐步——走！”

一步、两步、三步……升旗手李想心里默默数着数，总共是 38 步。

国旗下肩、松索、挂杆……一切准备就绪，“升国旗，奏国歌！”甩旗、敬礼、拉绳索，全部动作一气呵成。

当五星红旗伴随着雄壮的国歌缓缓上升，在场所有人都眼含热泪，思绪飘过大西洋，飞回 13000 多公里外的中国。

亲爱的祖国，你还好吗？我们想你了。

中国教官

2015 年 9 月，习近平主席在联合国维和峰会上强调，支持非洲国家提高自身维和维稳能力，以非洲方式解决非洲问题。

2017 年 8 月，防暴队临时党总支决定，帮助利比里亚进行执法能力、维和维稳能力重建，帮助他们打造一支高水平的国家警察队伍，提高他们在总统大选期间的安保能力和安保水平。

过去，利比里亚的国家警察培训一直由西方国家所主导，其他国家完全没有机会插手。利比里亚政府多次提出申请，由中国维和警察防暴队为他们培训国家警察，均未获得联利团的批准。

防暴队决定亲自出马，兵分几路，多管齐下——由蓝卫宇队长带领联络官邹薛峰等外联组成员，拜访联利团各部门、友邻维和军警部队及利比里亚政府，并邀请各方高层到防暴队营区参观，以展示防暴队昂扬的精神风貌和良好形象；合理运用国际规划，寻找法理依据，强调道义需求，协调中国驻利比里亚大使馆和利比里亚政府共同发力，力促联利团向中国维和警察防暴队授权；行动组挑选培训骨干，制定人群控制、大型活动安保等 9 个科目的培训计划；教学组抓紧时间，查阅资料，预备教案……

2017 年 8 月 8 日，在联利团、中国维和警察防暴队、利比里亚国家警察三方联席会议上，联利团防暴办主任马库斯·霍恩宣布“授权中国维和警察防暴队为利比里亚国家警察开展警务实战技能培训”的指令。

这是联利团有史以来首次单独授权给一个下属行动单位，为驻地国进行警务培训。这是对中国维和警察防暴队能力的高度信任和肯定。

在很短的时间内，一个军事过硬且有较强授课能力的对外警务实战训练教官团组建完成。

2017 年 8 月 21 日至 9 月 22 日，教官团对利比里亚各州、县警察局挑选出来的 150 名国家警察，进行规范的警务实战技能培训。培训地点在利比里亚国家警察学院，内容包括人群控制、要人警卫、临时监察点设置、大型活动安保等。

李想是部局优秀教练员、广西壮族自治区公安边防总队军事骨干，教官团成员自然少不了他。

要人警卫、武器分解结合、警务实战技能等，是上级分配给他的授课内容。

以往在国内，同样的内容他不知教过多少遍了，对于这次授课他完全有信心。但是，当他踌躇满志，与一群没有统一的制服、说着并不流利的“利式英语”、平均文化程度只有初中以下水平的“学生”见面时，心里犯起了嘀咕：这些就是利比里亚的国家警察吗？文化低，接受能力差也就罢了，作风还懒散，站个队都不整齐，哪有一点警察的样子？还是全国警察当中挑选出来的优秀分子。这可怎么教？

他犹豫了，自己能教好他们吗？如果教不好，往小里说，面子上过不去；往大处讲，“国际教官”的形象会大打折扣。撂挑子，请求换人吧，又不符合自己的禀性。他咬咬牙，干！为了履行大国承诺，体现大国担当，实现个人价值，无论耗费多少心血，攻克多少难关，也要啃下这块硬骨头！

决心已下，接下来就是白天黑夜连轴转，加班写教案，连吃饭、睡觉都顾不上了。收集资料耗费的时间和精力最多，单说专业词汇这一项，他就记了厚厚的一本笔记本。

当地人讲的英语带有浓重的口音，与正规英语有很大的差别，给他们授课，需尽量与他们的口音接近，才能收到好的效果。因此，每当外出巡逻或其他公干的时候，李想都找机会与当地居民聊天，掌握他们的发音特点。授课的时候，这些都是用得上的。

有志者，事竟成。

开课后，李想的课获得了预期的效果，他切合当地实际，生动形象，连口音模仿都很相似的授课方式，大受利比里亚国家警察的欢迎。一时间，李教官的名声在利比里亚警察中传开了，甚至一些学员回去后，工作中遇到难题，也给李想打电话，请他提出解决问题的建议。

方林宝也进了教官团。

方林宝教官的一身光环，遮都遮不住。

他是全国边防实战教官团成员，在他 13 年的军旅生涯中，多次立功受奖，立过 1 次二等功、1 次三等功，获得过 15 次各种嘉奖，又是公安边防部队第三届“带兵模范”。此外，他还曾经协助公安机关打掉贩毒团伙 2 个、传销团伙 10 个，处置突发事件 38 起，抓获犯罪嫌疑人 423 人，查获毒品 20.5 克。因战绩累累，在全国公安系统英雄模范立功集体表彰活动中，被评为“全国优秀人民警察”。

方教官走马上任。

每周，他都要和其他教官一起，驱车前往利比里亚国家警察学院，培训早已等候在那里的利比里亚国家警察，把中国警察的警务实战技能传授给学员们。

初次培训，因为一些战术动作难度较大，其中要领学员们怎么也掌握不了，让方林宝煞是苦恼。就拿擒拿格斗术中“一招制敌”这一动作来说，方林宝教了无数遍，他们就是学不会。为什么会出现这种情况？是不是培训内容对他们不适用？能不能进行合理的改进？怎么做才能获得更好的培训效果……成串的问题困扰着方林宝，也困扰着教官团其他成员。

回到营区，他们连夜开了个会，认为既然执教外国警队，就不能完全照搬国内那一套，应考虑不同国家的文化差异，找到契合当地执法环境、执法理念的方法，教学才有效果。

第二次培训，方林宝的教学方法有了很大改进，他采取讲解与现场示范相结合的方式，给学员培训徒手防卫、别臂控制、压点控制等擒拿技术。他边讲解战术动作要领边重复演示，全面细致的讲解和干净利落的动作，得到在场的利比里亚国家警察及联利团官员的极大赞许。他们说，这样的培训是他们从来没有见过的，与之前相比，更能激发学员的兴趣，效果好多了。

从此，方林宝有了一个新头衔：Chinese master（中国专家）！

吴茂辉，教官团成员之一。这天的人群控制训练，他就遇到了在国内从未遇到过的难题。这类训练，需准备防暴头盔、警棍、盾牌、防毒面具等器具，但内战结束后，利比里亚经济一蹶不振，在执法建设方面政府投入严重不足。此次掏空家底，也仅拿得出警棍和盾牌这两样东西，而且破损严重，数量也很少，只有所需数量的三分之一，吴茂辉看了直摇头。

吴茂辉与众教官一合计，因陋就简吧。警棍少，可以用树枝来代替。盾牌不够，用手来假扮也行啊。没有用于训练的车辆，那就划地为“车”。

从当时利比里亚国家警察的情况看，想要在规定时间内完成培训任务，很难办得到。那就笨鸟先飞，加班加点，敦促学员每天提前 1 个小时到场，推迟 1 个小时结束，时间便积攒出来了。

利比里亚的天气，时雨时晴，这可苦了教官们！身上衣服湿了干，干了湿，不少教官因此还患上了感冒。裸露在外的脖子和脸，不知被太阳晒脱了几层皮。还有人因为被紫外线长时间照射，眼液迅速蒸发，患了眼病。

利比里亚国家警察真的难教，对训练标准和训练要求也有些排斥。为点燃他们的训练热情，让他们快点上手，很多教官嗓子都喊哑了，到了培训后期，一个个几乎都喊成了“公鸭嗓”，有的甚至话都说不出来了。中国教官敬业、勇于吃苦的精神，让利比里亚国家警察很受感动，他们终于打起精神，配合教学，训练质量和训练效率很快提了上来。

哈里斯是此次培训的国家警察学院随队教官，身体强壮，活脱脱一位“非洲部落勇士”。他外貌彪悍，性格却很随和，已在利比里亚国家警察学院工作10年，是个老警察了。同为教官且年龄相仿的哈里斯与吴茂辉，有不少话题可以交流。他跟吴茂辉说，在接受中国维和警察防暴队培训之前，他们主要接受美国和法国的培训。他指了指不远处一名向这边张望的美国海军陆战队员说：“吴，看到那个美国教官了吗？他以前也教过我们，虽然课讲得很好，但内容与我们的实际情况不符合，我们没有他们那样的武器装备。而你们不同，既教我们理论和技能，又给我们物资装备援助，所以我认为，你们中国对我们的帮助最大、最有用。”

1个月前，中国向利比里亚国家警察局捐赠的价值200多万美元的警用物资装备，装了满满15个集装箱。埃伦·约翰逊·瑟利夫总统不但亲自参加捐赠仪式，还发表了热情洋溢的讲话。

中国维和警察防暴队就是这样，苦干1个多月，为利比里亚打造了一支“达到国际标准、符合实战要求、糅合中国与非洲特色”、150人建制的利比里亚国家警察队伍，办成了早就想办的事。

联利团警察总监西蒙·布拉奇说：“中国维和警察防暴队为任务区警方提供警务培训这一创新模式，非常值得推广。”

培训圆满结束，结业典礼在利比里亚国家警察学院举行。联利团警察总监西蒙·布拉奇，中国驻利比里亚大使张越、武官张敢，利比里亚国家警察局副警察总监萨达图·里弗斯，国家警察学院院长威廉·穆尔巴等应邀出席。利比里亚政府代表、尼日利亚维和警察防暴队、利比里亚国家警察参训学员及他们的家属代表等 500 多人参加了典礼。

学员代表托马斯走到台上，对中国教官表示感谢：“感谢你们的耐心和付出，你们亲自示范，手把手地教我们，让我们永远铭记在心，你们是最好的老师。”

上午 10 时，汇报演练开始。

首先，由参训学员和中国维和警察防暴队联合举行阅警仪式，接受在场嘉宾的检阅。接下来是参训学员汇报演练，每位学员都拿出最好的状态，把学到的技能好好展示了一番。

现场掌声、喝彩声此起彼伏，培训达到了预想的效果。

西蒙·布拉奇在致辞中，对培训取得的成绩表示热烈祝贺，对中国维和警察防暴队做出的努力高度赞赏。他指出，此次培训意义深远，有可能会影响联合国总部对维和警察防暴队政策的修订，对授权做出更改。

萨达图·里弗斯提到，培训选择在最合适、最需要、最关键的时刻进行，说明中国维和警察防暴队是有远见卓识的。利比里亚国家警察将以此为契机，不辱使命，加强训练，为总统大选的顺利进行，为政府权力的平稳交接贡献自己的力量。

吴茂辉工作之余勤奋笔耕，维和期间有多篇稿件在《南国早报》等报刊发表，其中一篇写道：“通过这次培训，我们不仅传播了先进的执法理念和专业的警务实战技能，也传播了中国文化和中国声音。树立了中国维和警察防暴队‘和平之师’‘文明之师’‘威武之师’的形象。以‘小培训’推动‘大外交’，扩大了中国影响，加深了中利友谊。作为此次活动的参与者，我感到骄傲和自豪。”

中华武术

维和战士是人中之龙。

警营多奇才，防暴队有一名队员会少林功夫，是一名少林俗家弟子。

耳听为虚，眼见为实，我终于见到了他。见面地点是在广西东兴市松柏边防派出所。

他叫李江南，山西运城人，身材魁梧壮实，面相老实憨厚，是一个典型的北方大汉。

他给我讲述了他如何拜师学艺，又怎样向往军营，圆了军人梦与维和梦的传奇故事。

他拜师学艺，源于一次打赌。

记得那是小学三年级的时候，他看了一部武打片，回来就照着打星的动作学了起来。小伙伴们都围了过来，但有人说：“你学的不像，动作不够规范，有本事你去少林寺学呀！可是我敢打赌，你不敢去，肯定不敢去。”争强好胜的他，这时鼓起了腮帮子，“谁说不敢，我敢！”

回家后，他跟家里人说，要去少林寺，要去学武术。家人自然不同意，毕竟年纪太小了，独自一人去到离家400多公里的河南郑州，学的还是武术，动胳膊动腿的，一不小心，把胳膊腿弄折了咋办？但李江南说，“我就是要去！”这时他爸爸动了肝火，骂了他几句。李江南脖子一梗，不让去也要去！之后好几天不和爸妈说一句话。家人拗不过他，只好让他去了。

在武校那4年，训练枯燥不说，每天上半天文化课，半天武术课，没有周末，不放暑假，只有临近春节才能回家，与家人团聚几天。最主要是“要吃苦头”。刚进学校时，几个师兄一个按头，一个按这边腿，一个拉那边腿，给他开筋，疼得他哇哇叫。

练武偷懒，就要挨师傅的棍子。我问他4年挨了多少棍，“至少1万棍！”他说。

打电话回家也不敢诉苦，不敢哭。武校离家远，家长难得来探望一次，每次家里人来看他，他都觉得特别的幸福，兴奋得晚上都睡不着觉。

李江南最想从事的职业是军人，但武校毕业时他才16岁，年龄达不到征兵要求，所以就先去北京打两年工，再报名参军。

2012年10月，他终于等到了这一天。他不顾北京一家大型物流公司的一再挽留，辞去月薪7000多元的工作，返回家乡，应征入伍。

参军后，凭着深厚的武术功底与吃苦耐劳的精神，他很快适应了军营的训练和生活。正如《红灯记》中李玉和临行时喝了一碗酒，有了这碗酒垫底，什么样的酒都能对付。

李江南在广西防城港市边防支队机动大队服役。该大队素有“魔鬼大队”之称。每日1小时的体能训练，每周1次5公里越野，每月1次野外拉练，在机动大队已成惯例。而且训练方式也从过去的徒手训练，转变为穿着战斗装具训练。正如机动大队副大队长，后来与李江南一道通过选拔考核，成为中国维和警察防暴队一员的张君健所说，训练强度加大，是为了缩短“训”与“战”的距离，使训练更贴近实战。把训练场当战场，照这个套路练，打起仗来就不会吃亏。

维和选拔时，长期的实战训练帮了李江南不少忙。爆发力强是他最大的优点，短板是耐力不够。为了弥补缺陷，快速提高训练成绩，集训时他经常给自己“开小灶”，把训练量一点点地往上加，别人跑10公里，他无论多累，也要比别人多跑 5 公里；为了赶超其他战友，他特意穿上厚重的防弹背心，负重训练。他一再对自己说，耐力就是忍耐力，无论如何都要忍耐，忍耐就是力量的源泉，忍耐就能获得成功。

终于，他从众多战友中脱颖而出，成为一名光荣的维和战士。

在维和任务区，一年到头，从来没有休息日，只有巡逻走访、营区驻守、联合演练、战备处突等一项项勤务，全队全时段高速超负荷运转。李江南从不叫苦，反倒把它当作一次修行的机会。他说，能代表祖国参加维和行动，是作为一名军人最高的荣誉，也是此生难得的一次历练机会，在利比里亚维和任务区的每一天、每一分钟，他们都要珍惜，不应虚度。

不虚度时光，成了李江南在任务区的行为准则。

为了让中华传统武术发扬光大，为了满足战友们对少林武术的无比向往，李江南在防暴队开设了江南武术班，利用平时勤务轮班的间隙，为队员们开展少林武术方面的培训。

其后，联利团的每一次重大活动，江南武术班的成员必定上台，为各国嘉宾表演中华武术，把中国传统文化展示给全世界。

每次表演，现场总是掌声如雷，喝彩声一阵高过一阵。表演结束后，嘉宾们纷纷与表演者合影留念，他们对中华武术的痴迷和喜爱，让李江南感动，同时为自己是一名中华武术的传播者而感到自豪。

中国维和警察防暴队有一名武林高手，而且身份正宗，功夫了得，这事在联利团传开了。中华武术，在外国人的眼里是很神秘的。联利团的工作人员、尼日利亚维和警察防暴队和利比里亚国家警察中有许多中华武术迷，都想跟李江南学上两手，以便防身健体。

后来，由联利团出面，邀请江南武术班成员每周为尼日利亚维和警察防暴队上课，向他们传授武术技法中的擒拿格斗术，讲解蹦跳滚翻、闪展腾挪，讲解怎样利用人体关节、穴位及各要害部位的弱点，运用杠杆原理等，攻击敌人薄弱之处，攻陷其一处而最终擒之。

教学过程中，李江南深感国际友人对中华国粹的崇拜与热爱，他说："和他们接触越多，得到的赞美越多，就更为自己是一个中国人而感到骄傲。说起来，我不是少林弟子中功底最深厚的，更代表不了中国文化，但今天我站在这里，就应该成为传播中国文化的一分子，让更多国际友人了解中国，了解中国传统文化。为此，我辛苦点没啥。"

近些年，随着中国驻利比里亚大使馆及利比里亚大学孔子学院的大力宣传，中华武术的热潮席卷利比里亚，他们成立了武术协会，开设了中华武术学校，把中华武术当作一门艺术来看待。

武术迷在武术协会和武术学校勤学苦练，不少人还专程跑到中国，与中国武术迷交流，狂热程度由此可见一斑。2016 年 10 月，在中国郑州少林国际武术节上，利比里亚人夺得了一枚金牌。

在中国驻利比里亚大使馆的帮助下，利比里亚武术协会专门成立了"中利武术学校"，在异国他乡弘扬中华文化精髓，推广中国国粹。

2018 年 1 月 6 日，为庆祝中利武术学校成立，中国驻利比里亚大使馆举办"2018 中利武术交流活动"，并由中国维和警察防暴队具体承办。

"行家一出手，就知有没有。"作为中国维和警察防暴队第一武术高手的李江南，无论是从容飘逸、后发制人的内家拳"杨氏二十四式"太极拳，还是先发制人、刚武有力的外家拳少林罗汉拳，齐整干练的少林棍阵，飘忽诡异的软兵器九节鞭，李江南都运用自如，得心应手，舞得行云流水，令人眼花缭乱。台下近 2000 名观众看得如痴如醉，应接不暇。

在两个小时的武术表演过程中，中国维和警察防暴队的小伙子们也全程投入，太极、少林、擒拿、兵刃，充分诠释着中华武术的博大精深。在硬气功展示的环节，当小臂粗的木棒打在表演者背上应声而断，当沉重的铁锤砸碎放置于胸口的水泥板而表演者却毫发无损时，现场观众目瞪口呆，足有几秒才缓过神来。表演现场掌声、喝彩声此起彼伏。

李江南的战友兼“弟子”吴茂辉，忽然想起在培训利比里亚国家警察时，一名身材有些臃肿的女警察（在利比里亚，女警察是极少的）乔伊，课间休息时跑过来问：“吴，我和我的孩子们（她有 4 个孩子）非常喜欢中国功夫，你能教我一些吗？”

吴茂辉便教了她一套少林拳，她学起来竟也有模有样。学会之后，她笑得很开心：“孩子们会喜欢的，谢谢你，吴。”

“我们中国不光有功夫，还有故宫、长城和兵马俑，我们不但有五千年文化，同时还很好客，真诚欢迎你到我们中国来做客。”吴茂辉对乔伊说。

“好呀，等将来我们这边有了条件，一定到武术之乡中国去看看，我期待着这一天的到来。”乔伊是个真诚的女人，相信有机会的话她会兑现诺言的。

武术交流活动结束了，一个当地小男孩找到江南武术班成员，闪着水汪汪的大眼睛说：“My dream is to study Wushu in China!（我的梦想是去中国学武术！）”

时任中国驻利比里亚大使张越说，李江南在利比里亚传授中国功夫，为中利两国友好交流做出了很大的贡献。

神奇中医

防暴队维和任务繁重，每天少则 2 次，多则 3 至 4 次外出巡逻执勤。

身上穿戴 20 多公斤重的警务装备，加上繁重的维和外勤任务，让许多队员相继出现头痛失眠、脖颈僵硬、腰酸背痛等症状。医疗组的卫生员罗傅文，用按摩推拿、手法正骨、针灸拔罐等技法（他曾师从广西中医药大学骨伤科研究室主任、广西中医骨伤科研究所副所长陈中和教授，学到了纯正的中医诊疗方法），为队员们解除病痛。

有的队员病了，无法及时就诊或复诊，罗傅文就“上门服务”。

医者仁心，他有着人们所熟知的好脾气，往往是边治病边开导患者，“放心吧，有我罗傅文在，病很快就能好。”心理调理加上中医治疗，队员的病痛很快就“手到病除”了。

中医药与中国功夫一样，都是国粹。罗傅文的名声也渐渐在联利团及当地警察局打响。

联利团任务支持部一位来自波兰的官员艾比·菲力佩奇，在一次运动中不慎拉伤右臂，转动不便，抬起困难，严重影响了工作和生活。

他慕名来到中国维和警察防暴队一级医院找罗傅文。

防暴队一级医院并不大，只有 1 间办公室、1 个病房兼检查室、1 个化验室、1 个理疗室、1 个药库。硬件也赶不上二级、三级医院，只有一些简单的医疗设施及国内带过来的药品。但软件优势明显，5 名医务人员李丽梅（医疗组长）、陈达（医生）、王振国（医生）、罗傅文（卫生员）、陈洪文（卫生员），他们在原单位都是医疗骨干，并且在赴利比里亚之前（2016 年 11 月至 12 月）曾被派往中国人民解放军第二五四医院（现中国人民解放军联勤保障部队第九八三医院）学习。该医院曾 2 次派医疗队援助非洲，在热带病诊疗方面积累了不少经验。经过 1 个月的学习，防暴队医疗组成员取回了“真经”。

罗傅文详细询问了艾比・菲力佩奇的病况，然后说：“问题不大，很快就会好的。”

针对病情，他设计了一套中医理疗方案（包括拇指刮法、双手捏法、双手虎口搓法、抓抖法和拍打法），帮助艾比・菲力佩奇疏通筋络、理气、活血、化瘀。经过近 1 个月的治疗，艾比・菲力佩奇的右臂渐渐康复，能转动自如了。在运动场上，人们又看到了这位先生活力四射的身影。

对罗傅文精湛的中国传统医术，艾比・菲力佩奇逢人便称赞，夸罗傅文是“Magic doctor!（神奇医生！）”

不只艾比・菲力佩奇，联利团警察总监、利比里亚国家警察局局长等，都找罗傅文治过病。中国驻利比里亚大使馆的官员、中资企业员工，凡患有肩、颈、腰的毛病，都纷纷找上门来，点名要罗傅文给他们治疗。

罗傅文根植于中医深厚沃土的技艺，在西非大地收获了许多“赞”，联利团警察总监西蒙・布拉奇称他为“中医大使”。

虽然巴基斯坦驻利比里亚维和部队二级医院比中国维和警察防暴队一级医院高出一个等级，但是，当罗傅文受邀到该院做传统中医讲座时，会场都快被挤爆了，窗户边都扒满了听众。

巴基斯坦是中国的好兄弟，巴基斯坦驻利比里亚维和部队二级医院与中国维和警察防暴队一级医院来往密切，平时，中国维和警察防暴队队员牙疼去他们医院补牙，他们是坚决不收钱的。该医院奉罗傅文为“座上宾”，请罗傅文到他们医院开讲座，而罗傅文也知恩报恩，精心准备演示文稿，深入浅出、系统地给他们讲述中医药发展的历程，中医养生、中医诊疗、中医管理等理论，以及肩颈痛、腰腿痛、风湿病、心脑血管疾病等慢性病的治疗原理和治疗方法。不仅如此，他还通过临床示范、学员互动体验等形式，将博大精深的中医诊疗技术直观地展示在大家面前。

在讲座现场，人们亲眼看到、亲身体会到罗傅文中医针灸、艾灸、电针、推拿、按摩、拔罐等理疗技术的神奇功效。当一根根银针准确地扎进穴位，患急性扭伤、神经性头痛、颈椎病、肩周炎的患者瞬间便有了感觉，脉络通了，气血通了，整个人都轻松了。

罗傅文“开挂”的中医讲解及诊疗，令在场的所有人折服，大家从座位上站了起来，真诚地为他鼓掌。

第七章　西非乍现“南泥湾”

蔬菜种植的尝试

利比里亚阳光充足，雨水充沛，满足了农业种植的基本条件。然而这里的土地并不肥沃，多为富含铁质的盐碱地，挖下去都是沙子，没有多少养分。因此，只能种些对土壤要求不高的农作物，如玉米、香蕉、木薯等。利比里亚离赤道近，水稻种植原本是有优势的，但由于环境变化和种植技术等原因，利比里亚的水稻产量很难达到正常的标准，一碗香喷喷的大米饭，对他们而言，比钻石还要珍贵。

为发展利比里亚的水稻种植业，利比里亚农业部邀请中国“杂交水稻之父”袁隆平专家的团队，到利比里亚传授杂交稻的种植经验，为当地相关人员办了几期培训班。如今，“Y 两优一号”已在利比里亚全面推广，大大提高了利比里亚的粮食产量，而且产量还呈不断上升的趋势。利比里亚人民说，他们有望可以天天“打牙祭”（因为米饭对他们来说是“奢侈品”，所以他们把能吃上米饭称为“打牙祭”），餐餐吃上白米饭了。

而在 2017 年，利比里亚的盐碱地里还种不出多少粮食，很多老百姓经常饿着肚子。当地民众有的一天只吃一顿饭，富裕点儿的可以吃上两顿。老百姓尚且没有东西吃，又能拿出什么来给维和军警呢？

这么一来，维和部队的食物只能由联合国供应，牛肉是从巴西和新西兰运来的，由于冷冻时间过长，油脂基本流失殆尽，吃到嘴里已无半点肉味。蔬菜是“老三样”——洋葱、土豆、胡萝卜，被队员们称为“维和三宝”。冻过的花椰菜看着不错，但见水就化，已没有什么营养，吃得大伙都败了胃口。

防暴队的伙食，通常是第一、第二季度吃上一支防暴队留下的食物（由联合国负责保存），第三、第四季度的中期补给、后期补给从国内运抵任务区，虽然食物较丰富了，但是绿色蔬菜仍需自己想办法解决。

中期补给没到的时候，队员们只好每天就着国内带来的老干妈辣椒酱下饭。常常是一块压缩饼干、一包过期的方便面，兄弟几个掰开分着吃，一袋即食豆腐、一包榨菜，在大伙手里轮着传。

吃上几根绿油油的青菜，成了一种奢望。

刚到任务区时，由于缺少绿叶蔬菜，不少队员出现便秘、皮肤开裂、眼睛干涩、食欲不振、口腔溃疡等维生素缺乏症状。医务人员急了，赶紧给队员们发一些维生素来缓解。

营养方面没有绿叶蔬菜补充，再加上超强度的训练、站哨、巡逻以及更需体力和耐力支撑的长途巡逻，队员们的体重直往下掉：身高 170 厘米的梁史卓，原先 120 斤，后来只剩下 100 斤；段书达，身高 181 厘米，从 145 斤瘦成了 120 斤，在每月登记在册的体重档案上，被打了一个红色的“×”。即便这样，当他们与千里之外的父母、妻儿视频时，总是报喜不报忧，都说在这边很好，吃得也可以，不要挂念……

防暴队临时党总支适时发出了“建设西非南泥湾”的倡议。倡议一发出，队员们纷纷说，我们一千个响应、一万个赞成！

于是大家行动起来，开荒种菜。

但当地盐碱度极高的土壤，令蔬菜很难成活，就算种活了，也要很久才有收成。指挥中心的史静和张莹，队员们称她们“上得了战场，下得了农场”。她们在办公室外摆上木箱、花盆和塑料桶，装上泥土，撒下苋菜、小白菜、芝麻、韭菜、辣椒、花生的种子，每天浇水、施肥，2 个星期后种子开始发芽，3 个月后，这才终于吃上自己种的蔬菜。

“这纯属小打小闹，但蔬菜收获时，我们还是像过节一样高兴。煮面条，放几根蔬菜进去，真的很好吃。只是由于土质问题，种植时间太长了。”史静说。

作为“南泥湾工程”总设计师的陈利华政委，赴利比里亚之前就已经了解到任务区的生活保障存在很大的困难，早已做好了“自力更生，丰衣足食”的准备。不搞就不搞，要搞就搞规模种植和现代化种植，竖支架、拉塑料膜，建蔬菜大棚，问题才能得到有效解决。

陈利华亲自上阵，在他的指挥下，后勤分队的 26 名队员到很远的地方拉回猪粪和木糠，送进 2 个蔬菜大棚，与上一支防暴队留下的已经板结的种植土壤混合，然后划分区域，分配到各小队，实现任务到小队、责任到个人。

队员们执勤和训练之余，在“责任田”里播下从国内带来的黄瓜、生菜、茄子、南瓜、芥菜、豆角、苦瓜、秋葵、丝瓜、小白菜、红薯、空心菜等的种子。没过几天，地里就冒出了嫩绿色的小菜苗，煞是喜人。

经过浇水、拔草、施肥等，一两个月后，菜地便呈现出一派丰收的景象。

尽管这样，蔬菜供应量还是远远跟不上，一日三餐，只能保证一餐有青菜，三餐都能吃上青菜是不能保证了。

无土栽培蔬菜大棚拔地而起

防暴队临时党总支认为，在集中、封闭式管理的营区建无土栽培大棚，是解决 140 名队员蔬菜供应的最好办法。

在无土栽培蔬菜大棚里，蔬菜不必在传统的菜地里种植，而是种在多层架子上，节省了空间，产量也有大幅度的提高，而且更节省时间，1 个月就可收获。

说起无土栽培，那可是陈利华政委的拿手好戏。队员们都知道，陈政委家的阳台就有一片无土栽培“蔬菜基地”，他家日常吃的蔬菜都由该基地供应，自给自足完全不成问题。

对蔬菜无土栽培，陈利华有的是经验。学过无土栽培知识的水电工刘丹、炊事员刘德泉也是这方面的技术指导。

陈政委和全体队员一起，顶着高温酷暑，出大力，流大汗，用了整整 1 个月时间，建了 2 个占地面积为 260 多平方米的无土栽培蔬菜大棚。

从外表上看，无土栽培蔬菜大棚与有土栽培大棚没什么不一样，进入棚里才发现，真的不一样。

干净的水泥地上层叠架着白色的 PVC 塑料管道。管道多数从国内运来，但装备安装栽培架时发现带少了。没办法，只好到联利团去申领，可人家的管子是欧洲标准，比国产的要大一点，且长时间被其他物品压着，许多已破损变形，似乎是用不上了。管道不够，这个看似无法解决的问题，大家却想出了解决的办法，那就是照样领回欧洲标准的管道，将破损部分锯掉，变形的地方把它压直，再开动角磨机把接口处磨薄，然后一节节套入国产管子，至此大功告成。

整个大棚不仅地上无土，管道里也没有一点土，只有从国内运来的循环流动的营养液，给间隔十几厘米的一个个孔洞里种植的蔬菜供应养分。蔬菜生长全程无需像有土栽培那样换土、浇灌、施肥。那么，怎样防治病虫害？炊事员刘德泉兼蔬菜种植管理和技术指导，他说，办法是采用诱虫板和防虫网驱虫杀虫，这种方法种出来的蔬菜，天然无公害，品质有保证。

采访时，张莹告诉我，刚到任务区的时候，队员们因为没有青菜吃，身体出现营养缺乏的症状，队领导便号召大家种菜，当然，那时还没有无土栽培蔬菜大棚，也没有有土栽培蔬菜大棚，而是露天菜地。下午 2 时，队员们顶着似火的太阳在地里种菜，刘德泉的水壶堪称全队最大，因为他在菜地忙活的时间最长，出汗最多，喝水最多。

2017 年 9 月，无土栽培蔬菜大棚种上了生菜、芥菜、上海青、小白菜、木耳菜、空心菜、茼蒿菜等。只需 20 天左右，种下的蔬菜便可采摘。

有土栽培与无土栽培双管齐下、互为补充的种植模式，打破了过去队员们缺少绿叶蔬菜的局面，大家每天都能吃上新鲜、安全的无公害蔬菜了。

无土栽培蔬菜大棚，成了中国海外维和部队的一大创举。

各国驻利比里亚大使馆官员、联利团官员和利比里亚政府官员，听说中国维和警察防暴队建了无土栽培蔬菜大棚，都难以置信，毕竟在这之前，在利比里亚的土地上，还没有人尝试这种在他们看来有着“高科技”含量的蔬菜种植方式。无论从技术层面讲，还是从材料方面考虑，似乎都不大可行。可是这件很难办到的事，最终给中国维和警察防暴队办成了，是真的吗？

他们坐不住了，马上与中国维和警察防暴队联系，要到蔬菜大棚参观学习。

置身于宽敞明亮的现代化无土栽培蔬菜大棚，英国代表团与时任英国驻利比里亚大使大卫·贝尔格劳伍一行，除了啧啧称赞，更想解开脑海里的一个个疑问。

“你们是怎么做的，能否介绍一下？”

说来话长。水电工刘丹向来宾们解释说，出征之前，上级领导便未雨绸缪，派他和战友刘德泉到广西中农富玉国际农业科技有限公司进行为期1个星期的蔬菜无土栽培技术学习。在这两个无土栽培蔬菜大棚的建设中，他们学到的技术派上了用场。在灌溉问题上，后勤分队就地取材，在本地采购了水泵等材料，建成了一套节能循环系统。利用这套系统自动灌溉蔬菜，不仅省时、省力，还科学高效，为节能增产开辟了一条新路子。实战中，如果碰到困难他们就上网查资料，边摸索边干。无土栽培蔬菜大棚的建成，使他们实现了农副业生产从传统型向科技型的转变。

这时，后勤分队长杨远方递上一篮刚采摘下来的白菜，贝尔格劳伍大使拿起一棵，边看边点头：“好！好！好！”

利比里亚总统事务国务部部长西尔维斯特·格里格斯比，参观后觉得难以想象，他指着长得茎壮叶肥的蔬菜说：“你们的菜园子甚至比农业专家的示范田还专业。”又指了指自己，“我们祖祖辈辈生活在这里，都种不出无土栽培的蔬菜，中国维和警察防暴队种出来了，太了不起了！”

联利团任务支持部主任大卫·约翰·彭克利斯感叹道：“你们的后勤工作让我印象深刻，特别是无土栽培蔬菜大棚，在联合国任务区属于首创，这将极大增强维和部队自我维持能力，值得在联合国推广。”

记者采访时，蔬菜大棚管理员刘德泉笑得嘴都合不拢：“我们现在种的蔬菜品种有十几种，而且很多是在蒙罗维亚市场上买不到的。”

陈利华政委更是无比骄傲地说：“联利团官员和友邻维和部队每次来参观访问，我们这蔬菜大棚是必不可少的参观点。这些菜地，它不仅仅是菜地，还是‘中国蓝盔’对外宣传的一张特殊名片。”

那片生态养殖场

绿叶蔬菜有了，别的菜可不可以有?

在蒙罗维亚自由港，船来船往的港区依然能看到战乱年代留下的痕迹，那锈迹斑斑的塔架和建筑物上满布的弹孔，它们欲说还休，像是提醒着人们，战争给人类带来的伤痛，不是一朝一夕就能愈合的，请给利比里亚一点时间。

不过，在离这些历史遗迹不远的战备码头和海晏广场，中国维和警察防暴队入驻后，花大力气做了一番修葺。陈利华政委建议在此建一个渔场，队员们可利用业余时间在这里垂钓娱乐，更重要的是，可以借此改善大家的伙食。

开始时，当地政府是不同意防暴队在这建渔场的。此事协调了近两个月才批复下来。

沙滩上的垃圾太多，像是从未有人清理过的样子。陈利华政委虽然是副师职干部，但并不摆高级干部的架子，他和胡泉教导员及其他队员一起，将沙滩上的大量垃圾装车运走，然后打桩、拉网，从下午大海退潮开始弄，直到午夜 12 时过后，终于围成一个几十平方米的颇为像样的渔场。

之后，每一个天边飘着大片火烧云的黄昏，无论在这里慢跑、散步、垂钓，还是看落日和浪花翻滚，队员们都会感到身心愉悦。而周末举行的捕鱼竞赛，更成为队员们赶走疲惫、放松身心的一场盛宴。捕到的鱼，大的有十几斤重，张开的鱼嘴，放进一个成年人握紧的拳头仍绰绰有余。

从此，防暴队想吃红烧鱼就有红烧鱼吃，想吃酸菜鱼就有酸菜鱼吃。实现了陈利华“孤悬海外（这是陈政委最喜欢说的一句话），饮食上要有家乡味”的愿望。

新鲜蔬菜有了，鱼有了，猪肉、鸡肉、鸭肉可不可以有？能否养些猪、鸡、鸭，给能量消耗巨大的队员改善伙食，均衡营养？

利比里亚有不少穆斯林（伊斯兰教信徒），穆斯林不吃猪肉，几乎人尽皆知。因此，联利团不建议中国维和警察防暴队在营区内养猪。他们说，一是尊重所在国的宗教信仰，二是出于环境保护考虑。

机会都要经过努力争取才能得到，天上永远不会掉馅饼。

防暴队拟了份立体循环生态养殖方案，递到了联利团有关人员手上，并且阐明联合国的核心价值观是“尊重多元化”，当地穆斯林有不吃猪肉的自由，而养猪和吃猪肉是中国绝大部分地区的风俗习惯，亦恳请联利团给予适当尊重，让防暴队在营区较偏僻的地带，在不影响美观并注重环保的情况下，搭盖猪圈，饲养活猪。

联利团考虑再三，权衡利弊，最后认为中国维和警察防暴队的请求无不合理之处，若不批准，才是不合理、不近人情的。最后同意了防暴队的申请。

消息传来，队员们喜不自胜，“过段时间，我们就有新鲜猪肉吃了！”

大家热情高涨，从外面拾回了别人砌墙剩下的废砖头，收集了旧木板、破渔网、铁丝网、塑料薄膜，甚至把仓库里闲置不用的镀锌瓦也翻了出来。

很快，在利比里亚中资企业的帮助下，4 间猪舍、1 个养鸡场、1 个养鸭场在营区建了起来。

在营区养猪，成了联合国派出维和机构以来的首创。

队员们吃剩的饭菜终于有了一个好去处——喂猪、喂鸡、喂鸭。猪、鸡、鸭的粪便也没浪费掉，排入沼气池，产生的沼气用来烧火做饭，卫生节能；沼气液渣用来种菜，成了最高档的农家肥。潲水—畜禽—肥料—种植，形成了生态循环利用模式，一个具有战地特色的绿色后勤保障体系、环保生态圈就此形成。

半年左右，禽畜出栏了。帮厨的队员增加了好几倍，还是忙不过来，杀猪、宰鸡、宰鸭，像过节一样热闹、高兴。每当中国的传统节日，如中秋节、春节、元宵节、端午节等，在非洲西部，在食品短缺的利比里亚，防暴队队员也能和全国人民一样，碗里堆起了红焖五花肉、白切鸡、柠檬鸭，鱼和应季蔬菜也是应有尽有。

美味的菜肴摆了一桌，大家不忙着吃，让手机先“吃”，纷纷拍了视频传回国内，与亲友们一块分享，还配上了解说词：“这是我们自己养的鸡、鸭、猪，自己打的鱼，味道好极了。在非洲也能吃到白切鸡，没想到吧！”赢得一长串的点赞。

中国维和警察防暴队后勤保障工作屡创佳绩，中国驻利比里亚大使张越觉得脸上有光，将图片发上了微信朋友圈，并注上文字：“如今的南泥湾，与往年不一般，再不是旧模样，是西非的好江南。好地方呀么好风光，好地方呀么好风光，到处是宝藏，遍地是食粮……我们的部队开到哪里，哪里就是一派丰收景象。”

中国维和警察防暴队后勤保障不“落后”，开创了联合国后勤保障的先河，在遥远的西非大地，创造了“中国奇迹”。

第八章　天使在行动

苦战疫情

2017年，多灾多难的利比里亚共发生了3次重大疫情。

第一次是流行性脑脊髓膜炎，第二次是传染性极强的“埃博拉泛泛”，第三次是发生在边境地区的流行性感冒。其中，流行性脑脊髓膜炎爆发地离防暴队营区最近，死亡人数最多，疫情最严重。

2017年4月，防暴队刚到任务区不久，当地便爆发了流行性脑脊髓膜炎疫情，共造成30多名当地居民感染，13人医治无效死亡。一开始，是住在距离营区只有几公里的一名患脑膜炎的当地人去世后，参加葬礼的一些人不幸被感染，就医后治疗无效死亡。

疫情暴发地离营区如此之近，太可怕了。更吓人的是，疑似病例中有1名中国公民。

驻利比里亚华人华侨一时陷入极大的恐慌。

疫情就是警情。防暴队立即启动一级应急响应。

医疗组的5名成员，与防暴队挑选出来的，经过医疗培训和卫生知识学习的10多名兼职卫生员一道，在设备紧缺、药品紧张的情况下，不问生死，逆向而行，扛起了疫情防控、保障防暴队队员及利比里亚华人华侨生命安全的千钧重担。

流行性脑脊髓膜炎肆虐期间，防暴队的医护人员组成海外党员医疗先锋队，做好 140 名防暴队队员的疾病预防、营区消毒杀菌及日常勤务的卫勤保障工作。

医疗组发布通告说，尽管出发之前，大家都在国内打了流行性脑脊髓膜炎、疟疾、霍乱、黄热病等的疫苗，但备勤时，还是要认真做好自身防护，保持室内通风，注意个人卫生，勤洗手、勤换勤洗衣服和被褥、加强锻炼、增强抵抗力等，坚决把流行性脑脊髓膜炎拒于防暴队营区的大门之外。而对驻利比里亚华人华侨的疾病预防及救治，医疗组也不掉以轻心，尽最大努力去帮助他们。希望大家互相配合，打赢这场战役。

而恰恰这时，与防暴队“联创联建”的驻利比里亚中资企业，传来了一个不好的消息。

2017 年 5 月 2 日，已是凌晨 3 时，人们已进入了梦乡。这时，防暴队的电话响了，铃声急促，打破了黎明前的寂静。是驻利比里亚中资企业葛洲坝易普力利比里亚矿业服务公司党支部书记孙永波打来的。

他语气匆匆，请求防暴队给予医疗方面的帮助。他说，他们的一个员工病了，反复高烧一周，出现忽冷忽热、头痛、全身酸痛等症状，还晕厥了好几次，现在又晕过去了。

医疗组医生陈达说，他们接到电话就如同接到了命令，一骨碌从床上爬起来，携带相关药品，两小时跋涉 120 公里，赶到患者身边。

这名员工表现出来的症状，与流行性脑脊髓膜炎的症状极为相似，但经过检测，确认他并未患上流行性脑脊髓膜炎，而是防护不当，被蚊虫叮咬，感染了脑型疟疾而已。

在一旁陪护的孙永波这才松了一口气，道出他们为何不送患者去医院，而宁愿在半夜时分，麻烦防暴队的医护人员赶来相救的实情。其实，在流行性脑脊髓膜炎流行期间，当地医院和诊所借口医疗设施不齐全，不愿接收医治。就算当地医院有条件收治，费用也很昂贵，看一次病至少要花 200 美元，折合人民币 1 千多元。结果患者的病情就这么拖延了下来。直到这天晚上患者再次晕厥，才向防暴队求救。

医疗组给患者开了些起效快、专杀疟原虫的抗疟药，一个星期后，他便痊愈了，能上班了。心存感激的他在朋友圈里写道：“感谢祖国的维和警察防暴队，是他们把我从鬼门关拉了回来，否则我可能就客死他乡了。”

治疗只是事后补救，防患于未然才是最重要的。

在利比里亚，有不少中资企业参与援外建设，如江苏省建筑工程集团有限公司正在援建利比里亚政府办公大楼，重庆对外建设（集团）有限公司正在修建利比里亚最好的一条高速公路——蒙罗维亚至卡卡塔高速公路，江苏江都建设集团有限公司承包利比里亚议会大厦辅楼工程等，可以说，他们是利比里亚市政建设的功臣。

流行性脑脊髓膜炎疫情期间，防暴队医疗队员主动承担起了驻利比里亚中资企业的卫生防疫和医疗救治工作，给华人员工当起了“蓝盔健康卫士”。

医疗队员带着 B 超仪、心电图机、半自动生化仪、血糖仪等设备“送医上门”，到江苏省建筑工程集团有限公司、重庆对外建设（集团）有限公司、江苏江都建设集团有限公司、江苏省建筑工程集团有限公司、中铁五局集团有限公司、中国水利水电第九工程局有限公司、中国港湾工程有限责任公司等 17 家中资企业，为员工测血糖、量血压，做心电图、B 超及血液检验等。不仅如此，还给员工讲解流行性脑脊髓膜炎、疟疾、霍乱等常见热带流行病的病理及预防措施，指导员工如何兑消毒药水，如何进行防疫消毒杀菌。还给员工义诊，共接诊疟疾、伤寒、皮肤病、心血管疾病和胃肠道疾病患者 52 人。免费发放青蒿素、蒿甲醚、复方氨酚烷胺胶囊、风油精等常用药品，缓解他们的心理压力，解决他们防病难、看病慢、治病贵的问题。

其中13家中资企业负责人，之后专程来到防暴队营区，送上他们亲手做的锦旗，表示感谢。

时任江苏省建筑工程集团有限公司党支部书记陈亮，已是防暴队的老朋友了，他感激地说：“流行性脑脊髓膜炎疫情发生后，我们的员工都吓坏了，几乎不敢迈出大门一步，防暴队的医生和卫生员却不顾危险，走出营区，走进我们的大门，为我们的员工义诊，送来我们急需的药品，不是亲人胜似亲人。在远离祖国13000公里的利比里亚，有这样一支队伍守护着我们的健康，我们一千个放心、一万个放心。”

手持“烟雾枪”的人

2017年5月的一天，罗傅文主动找到领导说，2003年和2004年，国内发生“非典”和“禽流感”疫情的时候，他均参加过疫情防控行动，对抗击烈性传染病有经验。他请求上级领导批准他到流行性脑脊髓膜炎防御的最前线，与疫情抗争，哪怕冒再大的风险，甚至献出生命，也在所不惜。

此后的每个清晨，队员们还在睡梦中，营区就传出了“噗噗噗噗”的震耳欲聋的轰鸣声。一个身穿密闭防护服，头戴防护面罩、耳罩的身影，在浓浓的烟雾中若隐若现。

他就是罗傅文，正手持防御烟雾枪，对营区进行防疫消杀。

非洲蚊子多，白天咬人的伊蚊（俗称花蚊）多、“翘屁股”的按蚊也多，它们是登革热、疟疾等多种热带疾病的传染源。防暴队队员不堪其扰，进出宿舍都要随手关上门，防止蚊虫入内。早晚还要在室内、室外喷撒消杀喷剂。外出执勤时，每人也随身携带一瓶此类喷剂，外加防蚊液、防蚊膏、风油精，必要时涂抹于身体的裸露处，以防蚊虫叮咬。风油精在利比里亚被视为“宝贝”，当地人向中国人“讨要”东西，首选就是风油精。

话说握在罗傅文手里的这杆烟雾枪，装满药液得有20多公斤重，工作时，温度超过100℃。药液的重量加上沸点以上的温度，开机不到5分钟，就让裹在防护服里的罗傅文浑身上下都是汗。

这么个重家伙拿在手上，年轻人都有些扛不住，何况个头并不高大、已经 36 岁的“老罗”？但为了防止队员们感染热带疾病，他硬是不叫一声苦，不喊一声累，用行动践行自己许下的诺言。

完成上午的例行消杀后，他也没有停下来，还要到营区四周转转，看有没有不明原因死亡的流浪猫狗，若有，就及时将它们消杀掩埋，防止病菌扩散蔓延。做完这些，能坐下休息了吗？还不行，因为又到了给队员们测体温的时间了。

吃过晚饭，几乎下了一天的雨终于停了下来，集装箱板房顶上的雨水奏鸣曲也暂告一个段落。被队员们戏称为“饭后一支烟”的例行消杀又开始了，罗傅文刚放下碗筷，又操起了他的那杆烟雾枪。

队员们透过防护面具的有机玻璃，看到了罗傅文爬满豆大汗珠的脸，闻到他身上散发出的柴油与药水混合的浓烈味道。他们心疼罗傅文：“老班长（队员们总是用罗傅文在原单位的职务称呼他），您在医院值班得了，重体力活让年轻同志去干吧。”

罗傅文平时总是笑容满面，如一尊笑佛，此时他不笑了，严肃地说：“我是一个有着 19 年兵龄的老兵，一直从事部队卫生工作，这些事是我应该做的，是我应尽的义务。如果工作做不好，有辱老兵的名声。做好了，才对得起参加维和的初心，才不辜负组织对我的培养和信任。”

利比里亚连年内战，导致医疗卫生系统极度落后，医疗设备和药品严重匮乏，大部分医院连基本的医疗设施都没有，医护人员也很少。这里毒蛇多，蚊虫也多，疟疾、伤寒、黄热病等热带疾病流行，高致死率的埃博拉隔三岔五便来这里转一遭。

在此背景下，罗傅文及其他医疗队员肩上的责任更重了。

第九章　战地警花

警队天使李丽梅

防暴队共有 4 名女队员，她们是绽放在西非维和战场上的警花。

2017 年 4 月 22 日，流行性脑脊髓膜炎突发，而且暴发地距离营区比较近，传播速度快，防暴队迅速启动防御一级响应。

来自广西壮族自治区公安边防总队北海边防支队的李丽梅，不畏疫情，勇敢面对。

李丽梅入伍 23 年，参军后一直战斗在边防部队医疗系统。她勤奋好学，业务能力出众，在整个边防总队都是数一数二的业务尖子。2017 年初，这个身高只有 154 厘米、脸上一笑就露出两个酒窝的女军医，经过严格选拔（7 名医生竞争，经政治立场、工作经验等考核，只录取 3 名），成了中国维和警察防暴队唯一的女性医务官，并被委以防暴队医疗组组长、一级医院负责人的重任。

流行性脑脊髓膜炎肆虐期间，李丽梅及防暴队医疗组全体医务人员，临危不惧，冲锋在抗疫一线，以血肉之躯为战友们筑起一道健康的防火墙。她带领 4 名医务工作者，逐条逐项落实疫情防控工作预案，每天对营区的各个角落进行严格的防疫消杀，出色地完成了流行性脑脊髓膜炎预防和战地卫勤保障任务。

相隔仅 6 个月，被当地人称为“埃博拉泛泛”的传染病再次来袭。疫情短期内迅速蔓延，仅仅几天就有数千人被感染。

疫情猛如虎。人们谈虎色变。

提起埃博拉，2014 年那次非洲疫情大暴发，人们仍记忆犹新，心有余悸。那年，全球共有超过 19000 人被感染埃博拉病毒，逾 7000 人死亡。利比里亚是重灾区，2000 多名民众感染埃博拉病毒，死亡 268 人，其中有 37 名是医务工作者。有的人在路上走着走着，突然就倒下死了。利比里亚的大街小巷，弥漫着死亡的气息。

而眼下“埃博拉泛泛”又来了。这种烈性传染病，比埃博拉病毒传染性更强，潜伏期更长，致死率更高。在死神面前，李丽梅超负荷连轴转，每天工作 10 个小时以上。吃过早饭，她就领着几名男队员和战地卫生员在营区里巡查、清理卫生死角、督促垃圾清运，不给蚊虫留下“安营扎寨”的机会。整个营区从上到下、从里到外，全部进行烟雾消毒和药物滞留消杀，净化环境，排除疫情隐患。

那段时间，她累得腰都直不起来了。队员们劝她：“李姐，休息一下吧，别累坏了。”她却说：“轻伤不下火线，我们的责任就是竭尽全力，不让任何一名队员受到感染。现在形势这么严峻，我怎么能安心休息呢？”她往腰部贴了几片止疼药膏，第二天又接着干。

“埃博拉泛泛”肆虐期间，在医疗组成员的协同配合下，防暴队 140 人无一感染，医疗组组长李丽梅功不可没。她并不高大的身影，送药时的微笑，让防暴队队员倍感温暖，队员们都亲切地把她称作“警队天使”。

利比里亚医疗条件落后，医疗物资紧缺，当地群众生病没地方治，也没有药吃。2017 年 12 月 28 日，当地时间上午 9 时，李丽梅带领几名医疗队员来到蒙罗维亚市本森威尔社区孤儿院，义务为这里的儿童和工作人员检查身体，提供疾病诊疗服务，并向他们讲解当地常见病和多发病的防治知识。

得知中国维和警察防暴队的医务人员要来，孤儿院的儿童和工作人员早早就排好队等候了。“你好，谢谢！”“谢谢，中国！”医务人员一进大门，他们就用汉语热情地招呼起来。

医务人员冒着高温（当天室外温度高达 40℃），汗流浃背地忙了 4 个多小时，先后为 110 多人做了体检。其中，发现 9 名儿童患有轻重不一的病症，于是给他们提供了药物治疗。

李丽梅说：“到当地孤儿院开展义诊活动，为他们提供一些力所能及的帮助和服务，是我们中国维和人员的责任。”

孤儿院院长斯蒂文十分感动：“非常感谢中国维和警察防暴队的医务人员，来到我们这里，给我们的孩子和工作人员进行免费体检和治疗。你们非常专业，医疗水平非常高，而我们这里的医疗条件有限，药物也十分缺乏，孩子和工作人员很少有机会能接受到这么全面、细致、专业的医疗服务。谢谢你们！”

在利比里亚一年的时间里，李丽梅就是这样，带领医疗队先后到当地的学校、孤儿院、驻利比里亚中资企业进行义诊和疾病防治，为使馆人员和联利团官员提供疟疾排查、血液检查、B 超检查、清创换药等医疗服务，为改善当地医疗条件做出了突出贡献，赢得了联利团官员、利比里亚政府、中国驻利比里亚大使馆和当地民众的高度认可和一致好评。

圣洁百合史静

史静是防暴队指挥中心的执勤官，她面容姣好，皮肤洁白如雪，若不是头戴蓝盔，执勤时手里握着十几斤重的全自动步枪，你肯定不会把她和“猛士”画上等号。

出国之前，史静参与了蒙罗维亚地图的修订和首都市区及周边地域名称、建筑名称的翻译。对于蒙罗维亚的城市建筑，应该说早已了然于心，可当她坐上猛士车，在蒙罗维亚的大街小巷巡逻时，还是不能接受眼前的一幕幕——堂堂一个国家的首都，基础设施建设竟比不过我国一个普通的小县城。

蒙罗维亚的房屋大多低矮破旧，高大气派的建筑极少见，楼房最高不超过 10 层，在基础设施层面上，与首都之名严重不符。但防暴队队员把这里当成了家，当作了自己的第二故乡，他们尽自己所能，为当地民众提供安全保障和优质的服务。

离营区 10 公里有个孤儿院——安娜伊诺克孤儿院，60 多名无依无靠的孩子被寄养在这里。

2017 年 10 月的一天，防暴队医疗组走进这所孤儿院，给孩子们带去常规治疗药物，为孩子们检查身体。

史静这天也去搭把手，给医疗组当翻译。

“Mommy...（妈妈……）”忽然耳边传来一声似有似无的童音，史静环顾四周，怀疑自己听错了，是不是出现了幻觉。

“Mommy!（妈妈！）”声音更清晰了，声音来自她怀里抱着的小女孩。

女孩叫 Antoinette，她把史静当成妈妈了。

第一次听到有人叫自己妈妈，史静的脸腾地一下红了，一直红到耳根。她现年 25 岁，还未结婚呢。

“你的女儿爱你。”一位当地老奶奶笑了，眼睛眯成了一条缝。

这让史静有点手足无措，在非洲，在执行维和任务的蒙罗维亚，她竟有了“女儿”，这个“女儿”还很可爱。

史静羞涩地笑着，把“女儿”抱得更紧了。

这天，队里的医务人员依次为孩子们检查了心跳、眼睛、耳朵、喉咙，而 Antoinette 是最后接受检查的。她的小脸因为细菌感染，溃烂流脓。兴许是痒得难受，她不停地用手去挠。队医递了支药膏给她，她拿在手里，却不知道该怎么用。

史静接过药膏，把 Antoinette 抱了起来：“Let me help you.（让我来帮你。）”

史静用棉签蘸着药膏，轻轻涂在她的脸上，并且耐心地教她怎么用药。

参观孤儿院时，史静仍抱着 Antoinette，没有松手。

“Mommy!”Antoinette 忽然脱口而出，叫了她一声“妈妈”。

此后，史静一有机会就去孤儿院看望“女儿”和她的伙伴，给他们带去一些吃的和用的。

史静手机里邮轮、飞机、高楼和大学校园的照片，孩子们看得津津有味，他们好想坐上邮轮和飞机，好想住上高楼大厦的宽敞的房间，好想到大学里去上学啊。

有一个小男孩，一直在低头写东西。他在写什么？史静很好奇，过去一看，原来纸上写的是“中华人民共和国”，是仿照史静的臂章写的。

史静很喜欢这个男孩，问他长大想做什么工作，“想当科学家，让我们国家不那么贫穷。”他挺了挺胸脯说。

史静爱孩子们，孩子们也爱她，每次见她都欢叫着 Mommy（妈妈），跑向这个漂亮的中国维和女警察。

尽管国籍、肤色不同，语言有着很大的差异，但在史静看来，只要拥有一颗善良的心，敞开温暖的怀抱，就能架起一座连接中利两国人民友谊的桥梁。

防暴队队员都是一专多能，普通战斗队员也能说一口流利的英语；后勤组的厨师，打起枪来也是百发百中；各专业小组，平时也轮班参加日常巡逻和长途巡逻。指挥中心的同志也一样。

2017 年 11 月 19 日清早，指挥中心执勤官史静、医疗组组长李丽梅同 21 名男队员一道，在指挥中心主任王振江的带领下，携带一应装备，到宁巴州进行三天两夜的长途巡逻。

车辆一路颠簸，艰难挺进，6 个小时后终于到达临时居住地——中国援助利比里亚农业技术示范中心。

他们兵分三路，有人负责搬行李、搞卫生、点蚊香、撒硫黄；李丽梅和一名卫生员，主要负责营地的防疫消杀（在非洲，蚊虫是最主要的疾病传播源，因此防蚊灭蚊容不得半点马虎）；王振江、厨师班长、厨师及帮厨人员在忙着淘米洗菜，为大家准备吃的。

营地条件非常简陋，男队员把仅有的一间客房让给了两名女队员，他们则在走廊支起了帐篷，晚上就睡帐篷了。

此时雨季刚过，客房因为久不住人，地面、墙壁均留有大片水渍和污垢，刚打开房门，一股霉味便直冲鼻子。

两人趁着天没黑，赶紧打扫卫生，点蚊香，抖开被褥铺到床上。

忙得汗如雨下，那台老掉牙的空调才磨磨蹭蹭地送出一丝凉风。高兴劲儿还没过，却被告知，示范中心发电机严重老化，每天只有两个时间段供应电，即7:30～11:00、18:30～22:00有电可用，其余时间无法供电。

姐妹俩互相安慰说，限电总比没电强，只要动作麻利，在停电之前完成洗漱，上床休息，时间还是来得及的。

挂在墙上的热水器只是摆设，根本无法烧水。只有用自带的电热水壶烧水了。两人匆匆洗漱完毕，赶在停电之前躺了下来。

翌日，巡逻队走访了利比里亚与几内亚边境、当地中资企业、邦州警察局和甘塔警察局。

一路的奔波劳碌，让第一次参加长巡的队员吃尽了苦头。

11 月，处在赤道附近的利比里亚高温肆虐，地面温度高达 40℃，加上队员们身上的防弹头盔、防弹背心、护膝护肘、作战靴和枪支弹药等 20 多公斤的负重，男队员尚且经受不住，何况是女队员？下车后，队员们徒步在炎炎烈日下巡逻、走访，豆大的汗珠从脸上滴答落下，作战靴一脱便能倒出半盆汗水，这并不是夸张，而是实情，也让第一次参加长巡的史静始料不及。

史静的名字谐音接近“使劲儿”，因此，队员们平时都“使劲儿”“使劲儿”地唤她。史静和其他队员一样，在“使劲儿”坚持着，不甘落于人后，实在坚持不住了，就从背囊取出一支藿香正气液，仰头喝下去，继续往前走。

史静坦言，在长达 6 个小时不间断的行车途中，除身体的疲惫僵硬，精神高度集中带来的紧张情绪外，还有“内急”给女队员带来的狼狈和尴尬。

女队员如厕，是长巡途中最麻烦的一件事情。

利比里亚公厕少见，很远都找不到一所。因此出发之前史静和李丽梅都不敢喝水。途中如果实在太渴了，就拿出水壶，抿上一小口水，润润喉咙。

2018 年 2 月 6 日，刚果镇的妇女们得知史静要离开利比里亚返回中国，便揽着史静的肩膀说起了悄悄话：“史静，你是我们的好朋友、好老师，我们舍不得你走，留下来吧。”

原来，她们是史静教过的“学生”，她们在史静开设的课堂听到了最振奋人心的一句话——“女人不是弱者，女人也能撑起半边天”。

经过一个多月的课堂学习，学生们报来一个又一个喜讯：Miracle 找到了一份工作，Susan 把辍学在家的女儿又重新送回了学校……

防暴队队员绝大部分是党员，但史静还不是。融入维和大家庭后，看见身边许多党员不计得失，无谓生死，事事冲锋在前，享受在后，史静看在眼里，感动在心里，便产生了向党员学习，向组织靠拢，经受考验，争取早日入党的念头。

史静经受住了战地考验，回国不久便如愿以偿，加入了中国共产党。

铿锵玫瑰张晓琳

ID 卡、防弹衣、防护装备、战术背包等 20 多公斤重的防暴装备，她 3 分钟内全部穿戴完毕。

她，就是张晓琳。

维和选拔时，身体素质要求非常严格，女战士体检时被筛下一半；军事素质要求也绝不含糊，必考科目是女护卫长演习。所谓护卫长，即上车时坐在首长身边、护卫首长生命安全的那个人。考核要求在两三秒内完成全部上车动作，速度不是一般的快，而是快到可以用“神速”来形容。但这一科目被这个长相酷似歌唱家、国家一级演员谭晶，年龄已满 35 岁、儿子已经 9 岁的女战士轻松拿下，不得不让人惊叹她超乎常人的禀赋和“硬骨头”精神。

张晓琳毕业于中国人民警察部队学院（现中国人民警察大学）军事参谋专业。入伍后，3 公里、5 公里重装跑均获得过第一名（3 公里跑仅用时 14 分，5 公里重装跑用时 23 分）。

2002 年 8 月，她做出了人生的第一次重要选择，广西壮族自治区公安边防总队成立边境巡逻中队，要从各单位挑选政治信念坚定、军事素质过硬的战士，她主动报名。入选后，被分配到广西防城港市边防支队东兴大队巡逻八中队，这是名声在外、让绝大多数女兵望而却步的女子巡逻中队，担负缉私、查毒及防止不法人员偷渡边境的治安巡逻任务。当时，该中队流传最广的一句话：忘记性别，只有战士；没有安逸，只有战斗；没有理由，只有战斗的冲锋号。

她是八中队战斗一班的班长（整个中队仅有 2 个女子战斗班）。“当班长，你政治不过关，军事不过硬，跑步不比别人快，枪法不比别人准，有危险不冲在前头，别人是不服你的。”张晓琳说。

一次搜查，一名走私的越南妇女从后腰抽出一把匕首欲行凶，张晓琳眼疾手快，一个箭步冲上去，死死抓住行凶者的手腕，用力往其反关节扣旋，将她按倒在地，解救了另一名女巡逻队员，而自己的迷彩服则被划了一道长长的口子。2002 年春节期间，防城港市发生一起影响极其恶劣的爆炸案，犯罪嫌疑人携带自制炸药和土枪，炸死同胞兄弟及一名儿童，其后逃到了山上。防城港市公安局发布联合搜山命令，张晓琳参与了地毯式搜索。她携枪随大部队蹚过冰冷刺骨的小溪，翻越 7 座山头，虽然正值生理期，但是仍坚持到任务结束，自此落下了病根。此后，每到阴雨天，她的双腿关节总会隐隐作痛。她成了战友眼中的“拼命三娘”、现代“花木兰”，更是领导眼里负责任、有担当的放心班长。

2006 年，在多个作战单位参加的军事大比武中，她各项成绩优异，荣立三等功。

对于军人职业，张晓琳有着解不开的几代渊源。先说她的爷爷吧，当年，爷爷为了能够有口饭吃，参加了红军。经历了爬雪山、过草地，吃谷糠、咽野菜，虽与他的初衷相距甚远，但受革命军人的信念鼓舞，他始终咬牙坚持着，直到革命胜利那天的到来。虎父无犬子，她的父亲到了服兵役的年龄，也想到部队锻炼自己的革命意志，却因为误车没当成兵，而她的两个叔叔应征入伍了。到了张晓琳这一代，她的 2 个堂哥、1 个堂弟，加上她自己，一共有 4 名军人。

每次回家，妈妈总不让她脱下身上的军装，因为妈妈要挽着女儿的手，拍几张“不爱红装爱武装”飒爽英姿的照片。

2016 年 9 月，广西壮族自治区公安边防总队奉命组队赴西非维和，她又一次做出重要的选择，向上级递交了报名申请。

虽是山东妹子，但在河北廊坊市零下十几二十摄氏度的低温天气集训，对她来说仍是一个严峻的考验。双手被冻得僵硬，冻僵的手血流不畅，更容易受伤。她做拆装手枪和步枪练习，手枪仅用 12 秒、步枪仅用 20 多秒。她练得太狠了，导致双手一次次被割裂，直至如今，手上仍留有累累的伤疤。

都说女人的潜能是巨大的，而女军人的潜能更是无穷大。女人最大的魅力就是柔中带刚，所谓“刚柔相济”，女军人正是这一素质的完美结合体。

赴利比里亚维和之前，张晓琳是广西壮族自治区公安边防总队北海边防检查站的一名检查员。在河北廊坊市培训，她要跟一群 20 多岁的年轻小伙子进行相同强度的训练，他们跑 10 公里，她也必须跑 10 公里，而且要跟上队伍，不许掉队。小伙子们说，有好几次他们都跑不动了，想要放弃，可扭头一看，张晓林还在跟着队伍往前跑。人家一个女子都不放弃，咬牙跟着年轻人一块摸爬滚打，他们哪好意思放弃？

开始接触维和防暴演练时，身高 160 厘米、体重 50 公斤的张晓琳，动作并不十分规范。后来她凭着坚韧、刚强的毅力和意志，反复训练，最后各项军事技能迎头赶上，尤其是紧急拉动和处置突发情况方面，她已经能够做到依照命令准确应对，快速反应到位。

维和选拔，张晓琳以优异的成绩通过考核，得到了中国维和警察防暴队唯一一个女战斗队员的职位，这也是第一至第五支中国赴利比里亚维和警察防暴队录取的唯一的女战斗队员。

“全体外巡人员注意，请马上领取弹药，今天外出巡逻的目的地是辛科区，20分钟后出发。”2017年9月26日，对讲机里传来巡逻分队队长的指令。

张晓琳手脚麻利，将装备快速穿戴整齐，与其他男队员紧急列队，出发！

此时，在利比里亚首都蒙罗维亚市区，偷盗、抢劫等违法活动愈发猖獗，当地民众人心惶惶、极度恐慌。而防暴队的任务，是采取非武力震慑手段，协助当地政府和警察维护社会治安的稳定，防止暴力冲突事件发生。

车队驶入蒙罗维亚闹市区，坐在车里的张晓琳和战友们，脑子里的那根弦绷得更紧了。雨季来临后，当地许多人无法外出务工，无所事事，没工作、没钱、没饭吃，市区内偷盗及抢劫案件呈上升趋势。防暴队队员的眼睛此时如扫描仪般，从周边建筑及过往人群中一一扫过。

这里的街道并不宽敞，多年内战致使首都的城市设施损坏严重，路况极差。人们的衣着也不光鲜亮丽，神情透着凝重和诉说不尽的忧伤。

到了市中心，车辆和行人多了起来。道路更显窄小和拥堵，给巡逻带来诸多安全隐患。

作为军事行动官的张晓琳，始终保持高度警惕，不时用对讲机通报周边车辆及人群变动情况，提出解决方案。

30多摄氏度的室外高温，使猛士车内的温度升到了40多摄氏度，因为车上的空调经常坏，即使温度调到最低，还是热得让人受不了。身上厚重的防护装备层层叠加，压得张晓琳气都喘不匀了，衣服从里到外全部湿透。

乐观的她，为激励自己，哼起了豪迈的歌曲——《火辣辣的军营火辣辣的兵》：

火辣辣的天空火辣辣的云，

火辣辣的大地火辣辣的风。

火辣辣的军营火辣辣的兵，

火辣辣的热血火辣辣的情……

高温酷暑，外出巡逻需要补充大量水分，但张晓琳却强迫自己不喝水，免得上厕所。“在巡逻途中大家补水时，琳姐都悄悄扭头转向窗外，她每次出外勤的时候，都尽量不喝水。”同行的男队员，说起张晓琳没一个不佩服的。

难道她不觉得难受吗？“虽然口干舌燥很难受，但身体撑得住，只要每次出去能把任务完成好，这些都是小事。”张晓琳说。

事实上，以上困难只是张晓琳执行任务时要克服的诸多困难之一，在外执勤，她还要同男队员一样站岗放哨，一样撑开帐篷野外宿营，一样忍受高温酷暑及蛇蝎虫蚁的侵扰，如果没有坚强的意志，这些困难是不能克服的。

“China, good!（中国，好！）”“China female officer, good!（中国女警官，好！）”每当车队出现，当地居民一看是中国维和警察防暴队，看见有女队员，脸上马上就会露出笑容，竖起拇指兴奋地说。

每当这时，张晓琳心里就充满了自豪。

外交金花张莹

2017 年 3 月 11 日，张莹随队远赴非洲西部，参加联合国维和行动。

抵达任务区时，恰逢利比里亚的旱季，天气炎热，身材瘦小的张莹时差还没倒过来，便与大伙一起投入热火朝天的换防工作中。每天 24 小时不间断的执勤、备勤，加上水土不服，短时间内不能适应当地的气候，导致维和培训时落下的病根复发，体重不足 50 公斤的她，累倒了，由重感冒转为支气管炎。

进入雨季，这里空气湿度大，张莹反复咳嗽长达 1 个多月，导致肺部出现啰音，但她从没有因为疾病而耽误执勤和备勤。医生劝她注意休息，别把身体累坏了，她却淡淡地说："没关系，我知道自己身体的状况，我可以坚守岗位。"其实她明白，队里的兄弟姐妹任务都很重，她休息一天，意味着别人得多干一份活。

在工作中，张莹兢兢业业，踏实肯干，一会儿为外事会场的布置忙个不停；一会儿忙着接待联利团来访的官员；一会儿与各分队协调，派警员参加联利团培训。总有忙不完的工作在等着她，她似乎不觉得累，即使累，嘴上也不说……

这个来自广西北海机场边防检查站的女队员，这个拥有英语专业八级水平的防暴队指挥中心执勤官，她的工作非常重要。每天，她都要细心地收集联利团安全行动部发来的有关当地民众游行的安全建议，翻译成中文，与次日游行涉及的政党、人数、拥堵路段、社区、时间段一同标注在地图上，然后通过认真分析，得出巡逻的最佳替代路线。

外勤车队出发后，她便不断使用对讲机通联指挥，告知哪些路段拥堵，车队无法行驶；哪些社区有游行示威的人群需要避让，紧急情况下可选择哪些备用路线等。张莹的声音通过无线电波传送到前方，既有效提高了完成任务的效率和质量，又能给极度疲惫的战友加油鼓劲。战友们说："在闷热、封闭的装甲车里，听到对讲机传来张莹那播音主持般甜美悦耳的声音，我们就会感到战友的关怀就在身边，浑身的疲惫立即一扫而光。"

外交，自然少不了翻译。翻译能够让语言不同的人们，通过通用的语言，比如英语这种世界语言来实现沟通和交流。

每当国际友人到防暴队参观访问、联利团官员到营区进行武器装备核查、防暴队给利比里亚警察进行急救知识培训等外事活动，都由张莹担任翻译，许多重大活动的英语主持也是她。因表现突出，她得到了联利团选举支持部主任克罗蒂亚·露佩娅女士的高度认可，称她为中国维和警察防暴队的"外交金花"。

良好的语言能力，能够避免沟通时的尴尬并促进彼此的感情。张莹经常利用备勤待命的机会，跟随巡逻小队深入蒙罗维亚周边村落，了解当地治安状况，倾听民众心声。她常笑着对手握步枪、全副武装的战斗队员说："枪是你们防身的武器，而我的护身法宝是语言。"

10 月 2 日，防暴队与联利团军事观察员到博米州的一个村落走访，张莹随行。当任务完成将要离开时，她察觉到防暴队队员小李眉头紧锁，像有一块东西堵在心里的样子。

"发生什么事了吗？"她走到小李身边，关切地问。小李说，一名当地村民不知为何，一直在他旁边念叨"God blame you!（上帝责备你！）God blame you!（上帝责备你！）"小李百思不得其解，不明白自己做错了什么，惹得这位村民如此不快。

原来是这样。张莹向那位村民走了过去。经了解，才知道当地人讲英语有个特点，吞音特别重，其实这位村民是想表达“God bless you（上帝保佑你）！”但吞掉了不该吞的尾音，意思便截然相反了。

误会解除，两位当事人冰释前嫌。

大方得体，细心聪慧，是张莹留给国际友人的印象。

2017 年 12 月 12 日，联利团发展部主任、高级女警官塔必休・穆瓜（肯尼亚籍）到防暴队访问。

作为全程陪同翻译，张莹为塔必休・穆瓜讲解防暴队是如何开展工作的，并向她展示了防暴队入驻任务区以来各方面取得的成绩。陪同过程中，她发现这位女士偶尔有些心不在焉、闷闷不乐，莫非她有什么心事？张莹心想，问她吧，碍于中西方文化的差异及彼此的熟悉程度，又觉得不好开口。那就先观察一阵，遇到合适的机会再说吧。

无意间，张莹发现塔必休・穆瓜围的一条朱红色的丝巾上，绣有一个“寿”字。既然有汉字，必是“中国制造”了。切入点出现了，张莹由衷赞美了塔必休・穆瓜的丝巾。结果正如张莹所料，塔必休・穆瓜开心极了，一下打开了话匣子。她说，这是她女儿送给她的礼物，她女儿因为学习成绩优异，此时正在中国广州市作交换生。然而不幸的是，她的宝贝女儿病了 2 个星期，吃药也不见效，急得她嘴角都起泡了。

张莹不由想起自己 4 岁的儿子。前些日子儿子生病，作为母亲的她，不也因为身在 13000 公里外的利比里亚，每天只能通过视频了解情况而忧心忡忡吗？塔必休・穆瓜的心情，张莹是理解的。她立即拨通了在广州的家人的电话，让他们带着塔必休・穆瓜的女儿，去广州名老中医温医生的诊所就诊。

塔必休・穆瓜的心情立刻好了许多。中国人的热情好客带给她温暖，张莹助人为乐的行为让她久久不能忘怀。

临近回国，张莹收到一份来自肯尼亚的礼物——马赛族的民族服饰“坎噶”，上面附有一张纸条：“Long live friendships between China and Kenya!（中国和肯尼亚友谊长存！）”礼物是塔必休·穆瓜寄来的。

2017年9月，联利团选举支持部主任克罗蒂亚·露佩娅女士因身体不适，来防暴队一级医院就诊，需要一名精通英语的女队员担任翻译，队领导马上想到了张莹。

克罗蒂亚·露佩娅为罗马尼亚籍，虽在任务区工作多年，但仍难以适应当地湿热的热带气候，加上利比里亚总统大选临近，作为选举支持部主任的她，好几个月没能好好休息了。近段时间更是出现头痛、失眠、焦躁、易疲劳、大腿神经麻痹及腿部湿疹瘙痒等症状。也不是不去治疗，但接受的是西医方面的诊疗，效果不明显，且病情反复，无法根除。

经防暴队医生诊断，克罗蒂娅·露佩娅的病症是颈椎增生压迫身体部分神经所导致的。医生决定采用中医药疗法对其进行治疗。然而，当克罗蒂亚·露佩娅看到那些瓶瓶罐罐和细长闪亮的银针时，面露难色，不知道这是些什么东西，能不能治好她的病。

张莹出马了，她以自己对中医药文化的认知，向克罗蒂亚·露佩娅详细介绍了中医的起源、发展和功效等，引导这位联利团女官员接受中医推拿、针灸、拔罐治疗。克罗蒂亚·露佩娅半信半疑，勉强同意，先试试再说。

每次治疗，张莹始终陪在克罗蒂亚·露佩娅身边，随时了解、跟进她身体的恢复情况。张莹还为克罗蒂亚·露佩娅建了一份中英文的健康档案，记录下每次治疗的效果。克罗蒂亚·露佩娅翻看记录，便能随时掌握身体恢复的情况，非常方便。

1个月后，克罗蒂亚·露佩娅的身体状况逐渐好转，症状缓解了，晚上也睡得安稳了。她热情拥抱了这个瘦瘦小小的中国维和女警，连声称赞说：“张，你是我见过最美的一朵外交金花，你让我领略了中医药文化，并且在我最痛苦的时候一直陪伴着我，谢谢你！”

2017 年 11 月 30 日，联合国秘书长特别代表法里德·扎里夫，为中国维和警察防暴队颁发联合国“和平勋章”，张莹与全体防暴队队员均获得了这一至高无上的荣誉。

而且，张莹以过硬的心理素质和良好的语言功底，圆满完成了颁奖活动的解说任务，赢得了国际友人的高度赞赏。

第十章　维和光影

喊话《战狼 2》

2017 年 7 月，电影《战狼 2》燃爆中国内地电影票房。证明军事题材的电影在国人心目中占有一定的分量，证明爱国主义深植于每一个中国人的内心深处。

这一中国电影界的奇迹，很快传到了远离祖国 13000 公里的利比里亚维和任务区。精彩纷呈的影评、观众的一致叫好，引起了防暴队队员极大的关注，让每一位队员心潮澎湃，热血贲张。

《战狼 2》之所以受到如此高的关注，绝不仅仅因为该片是一部炙手可热的中国军事题材动作大片，而是这部电影在中华民族伟大复兴的时代背景下，激活了每一位中国人的家国情怀，以及为维护世界和平而战的大无畏精神。

“我们想看《战狼 2》！”这是中国维和警察防暴队队员发出的强烈呼声。

大家一遍遍看简介，故事梗概几乎都能背出来了：那是在非洲附近一片大海上，主人公冷锋遭遇了人生的滑铁卢——他被开除了军籍。本想不再抗争，就此漂泊一生的计划突然被一场意外打乱，他被迫卷入到一场非洲国家的叛乱当中。本可以安全撤离的他，却因为无法忘记军人的使命，孤身回到沦陷区，带领身陷屠杀困境的同胞和难民，展开了一场生死大逃亡……

“我们真的很想看《战狼 2》。”

但在维和任务区，哪里具备观影条件呢？无奈之下，大家只能捧着手机望梅止渴、画饼充饥。

队领导察觉到这一情况后，交代政工组的同志说：“试着联系一下吴京吧，看有没有办法让我们在西非看一场《战狼 2》。”

首先，联系上的是中央电视台。

中央电视台表示，找吴京没问题，但他们认为通过网络视频喊话《战狼 2》，效果会更好。网络的力量是强大的，如果中国维和警察“想看《战狼 2》”这个小小的心愿得以实现，会让更多人了解中国维和警察，了解中国参与的维和行动是怎么一回事，从而激发他们更大的爱国热情。

听说要“喊话”这部电影的编剧、导演、主演吴京，队员们都觉得这事有点悬。双方处在两个相距甚远、看似怎么都够不着的领域，要对上话，谈何容易。

成与不成，先试试吧。

2017 年 8 月 8 日，在营区升旗台前的一片空地上，《喊话〈战狼 2〉》拍摄正在紧张进行。

旱季的高温，头顶上热辣辣的太阳、超强的紫外线能把人整个烤熟，但参与拍摄的 18 名队员完全不在意，他们穿戴整齐站成一排，边等待梁史卓“导演”的开拍指令，边谈论网上收集到的有关《战狼 2》的精彩片段，有人甚至开始发挥想象，吴京看到视频后会作何感想，会有什么样的反应，网民会给多少个赞。

这时，梁史卓一声令下：“Action!（开拍！）”

18个人同时喊出同一句话，气贯长虹：“我们是中国第五支赴利比里亚维和警察防暴队！”

第一个出镜的是方林宝。

这位言谈举止自带硬气、霸气、傲气的兵中之“王”，发言中并不掩饰作为一名维和人员的荣耀与骄傲：“看到战狼就像看到我们自己。”

方林宝知道,《战狼2》的故事同样发生在海外，同样发生在远离中国大陆的非洲，主人公当时即便已经脱下军装，但是当自己的同胞遇到危险时，他依然毫不犹豫地挺身而出，救同胞于水深火热之中，体现了一名中国军人的血性与担当。因此，对着镜头，方林宝挥舞拳头，吼出了中国军人的豪放之声：“中国军人就是这样，我们，永远都是这样！”

镜头转向防暴队的形象代言人李想：“我们是军人，也是有血有肉的热血男儿，但由于任务的需要，很多时候我们给外界的印象是神秘的，即使是家人也经常会误解我们。《战狼2》将中国军人的形象进行了深入细致的雕琢，相信今后会有更多人对我们有更深的了解。”

“90后”队员平甫、刘东祺表达的是同一个心情，当看到冷锋举着国旗走过交战区的那张海报，就会想起猛士车前窗贴着的五星红旗。在任务区，当地群众看到贴着五星红旗的汽车，总是会竖起大拇指称赞：“China, good job!（中国，好样的！）”每当这时，他们就感到自己很光荣，自己的祖国很伟大。

……

拍摄完毕，天已经完全黑了下来。

返回营区，梁史卓连夜整理素材，剪辑、输出成片，进行最后修改，然后上传网络。

做完这些已是翌日凌晨。

忽然，一阵眩晕向梁史卓袭来，天花板在往同一个方向快速旋转，呼吸在加速，心跳也加快了。他明白，这是长期熬夜所致。在政工组他虽然专职摄像，但是又不局限于摄像，很多工作需要他去完成，为了整理照片和文字稿件，他熬的夜还少吗？宿舍区内，他屋里的灯光常常亮到深夜，有时通宵达旦都亮着。他感觉自己的身体已大不如前，许多健康问题接踵而来。他命令自己，不能再这样下去了，只有好好睡觉，第二天才有精力把该完成的任务完成好。想到这里，他来不及洗漱，赶紧和衣躺下。

一觉醒来，手机上的绿色呼吸灯频频闪烁，大量未读信息塞满了整个屏幕，这是梁史卓无论如何意想不到的。

奇迹出现了，短短一天时间，《喊话〈战狼2〉》便席卷国内各大网络媒体，一跃成为微博热搜排行榜冠军。在新浪微博播放量超过5100万次（各网络平台综合播放量超1亿次），微博转发近4万次、评论2万多条、点赞达11万次，并且数据还在不断刷新……

后来，《喊话〈战狼2〉》获得公安部年度十佳短片奖。

8月8日7时34分，吴京看到微博并且回话：“亲爱的兄弟们，你们在非洲代表祖国进行维和行动，辛苦了！收到邀请我非常感动，正在积极联络，希望能以最快速度与大家分享《战狼2》！如因放映条件实在无法支持，则静待凯旋之日邀请各位战友一同欣赏！向你们致敬！”

评论区里，上万条网友的评论感情真挚，满满的正能量。

@主持人谌超人：哪有什么岁月静好，不过是有人替我们负重前行！

@TONY塔蒙：我们今天的安宁就是由无数英雄默默付出得来的，中国加油！

@独垂寒江9：军人的军姿有种阳刚之美，手持冰冷的铁器，站立在异国他乡，守护着一份责任，代表着崛起的中国，用实际行动，捍卫着国家的荣誉！小战士们终归是可爱的，这点小小的要求，吴导，您看着办！

@陈guo华：我们生活在一个不和平的时代，但庆幸的是我们生活在一个和平的国家！为战斗在异国他乡的英雄致敬！

@不喜6245669706："我们知道我们有一个强大的祖国""中国的军人都是这样的"。兵哥哥真帅气，兵嫂嫂有福气！

……

8月8日20时12分，CCTV4官方微博回复吴京："我们把您的微博回应第一时间反馈给了中国第五支赴利比里亚维和警察防暴队全体队员，他们表示，前方全体指战员很受鼓舞，士气非常高涨！"

8月9日18时29分，吴京正式通过邮箱回信：

致中国第五支赴利比里亚维和警察防暴队：

你们好！我是《战狼2》的导演吴京。

收到来函后，《战狼2》剧组倍感荣幸。为了能跟大家尽快分享《战狼2》，我们已准备好一套移动放映设备，正在解决技术问题及等待相关部门的审批流程，争取第一时间送达并安装放映，作为《战狼2》对维和事业的小小贡献。希望这套放映设备能够把更多影片带给你们，并在维和部队中传递下去，为未来每一批参与维和的战士们带来精神食粮，缓解大家的紧张生活。

感谢你们为维护世界和平做出的贡献！

向英雄致敬！

吴　京

2017年8月9日

《战狼2》的热播，让"战狼精神"成为一个热词。在《人民日报》

发表的《评〈战狼 2〉：中国军人铮铮铁骨已超越西方个人英雄主义》一文中，将“战狼精神”诠释为“中国军人身上所展现的家国情怀与赤胆忠诚，早已超越了西方叙事中的个人英雄主义，蕴含着人类命运休戚与共的大爱与大义”。

而对中国第五支赴利比里亚维和警察防暴队的队员来说，荣誉至上，使命担当，视国家的利益高于一切，视军队的荣誉高于一切，不怕艰难困苦，不怕流血牺牲。这，就是我们中国维和警察的“战狼精神”！

在西非拍电影

自称误打误撞进入宣传“大坑”的梁史卓，出征前给自己定下“三个一”目标：拍摄一部维和纪录片、一部维和微电影，创作一部维和纪实作品或以维和为素材的小说。

时光飞逝。翻看日历，转眼已到 2018 年 1 月，尽管无限怀念每天清晨那场准时报到的酣畅淋漓的大雨，还有雨后负氧离子含量丰富的清新澄澈的空气，但他们再也等不到下个雨季了。1 个多月后，历时 1 年的维和任务就要结束，防暴队将离开利比里亚，回到阔别 1 年的祖国。

遗憾的是，自己定下的目标并没有全部实现。

梁史卓总结原因，一是技能匮乏，二是时间不够。

他凡事总喜欢与自己较劲，当他正为此事自责、无限惆怅时，张宏副队长来找他，说经过临时党总支反复研究，觉得还是要拍一部微电影，以反映防暴队在蒙罗维亚任务区一年的工作和生活，编剧和导演无人胜任，党总支认为只能是他了。说完，张宏问他，对此是否有信心，能不能把电影拍好。

上级的信任让梁史卓感动，同时倍感忧虑和发愁，防暴队的日常勤务一环扣一环，微电影如果开拍，时间、人员的调动，加上大量分镜头及复杂万分的后期制作等，要拍出一部好的微电影不容易啊。

“片子做出来那是敷衍，做好才叫成功。”后来梁史卓在一篇文章里这样写道。

时间紧，拍摄任务重，可调动的人员少，基于这些客观条件，能否把微电影做好，让自己满意，让领导满意，他真的不敢保证。

他在犹豫，在斟酌，在考虑，要不要跟领导请示一下，放弃这部微电影的拍摄。

事实上，维和选拔期间，因他竞争的是政工干事岗位，当时便制作了《逆寒》《弹道》等 H5 作品，虽然得到官兵们的认可并在朋友圈转发，但他觉得，由于经验不足，画面、音乐、动画方面的处理还是不够理想。而后，他自编自导自演的微电影《隐匿者》获得第二届公安部“三微”作品大赛二等奖。该电影参加第六届中国国际微电影节，在国内外 2086 部参赛作品中脱颖而出，获得“公益微电影”奖。

领导认为他是一个好苗子，向上面大力推荐，他终于获得了政工干事的岗位。

张宏可以说是防暴队里年龄最长的老大哥，平时话不多，可说一是一，说二是二，从来不打马虎眼，看见梁史卓泄气的样子，他扔下一句话便走了:“我不想留下任何遗憾，你呢？”

是啊，谁又愿意多年以后想起这段永世难忘的维和岁月时，发出“如果当初再努力一点点”的感慨叹息呢。以梁史卓的个性，尤其不愿意。

事实上，维和期间他拍摄制作了不少微电影，其中《喊话〈战狼 2〉》获奖，《中尼联合演练》亦获得联利团的高度认可，经投放网络平台，海外点击量破百万，在海外形成了显著的宣传效应。

而且，他辗转利比里亚全境，为中国驻利比里亚大使馆拍摄制作的中国援助利比里亚宣传片，充分展示了中资企业在利比里亚所做的贡献，推动了中利友谊的发展，获得了中国驻利比里亚大使张越的充分肯定。

其实，与维和有关的剧本早已经在他的脑海酝酿成形，就差把它转化成文字了。原以为这事自己想想也就罢了，却不料领导如此重视，态度从未有过的坚决。

没有退路了，那就干吧。

把剧本从脑子里搬出来，一个晚上便整理妥当。

剧本交上去，很快就顺利通过了审查，又是梁史卓没料到的。

经过短时间的筹备，第一场戏在营区南侧的港口停车场开拍。

“录音。”

“录音准备就绪。”

“三、二、一，开始！”

……

“咔！脚步再慢点儿，从容点儿，NG（电影拍摄常用语，是画面不行，重来的意思）！”

……

“咔！没有台词，没有动作，但你要知道，你是一个专业的背景。再来！”

咔！咔！咔！

从上午 8 时 30 分到中午 12 时，太阳逐渐上升。阳光火辣辣地照在营区蓝白相间的屋顶上，照在摄影师手里因工作太久而滚烫的机器上，照在演员们到非洲后晒成古铜色的瘦削脸庞上。

体内水分不断蒸发，但注意力全放在了镜头上，哪还记得给冒火的喉咙和缺水的身体补补水。

营区拍摄尚且这么辛苦，外景拍摄更别提了，简直就是一场噩梦。

外景拍摄选址提前一天进行。

那天，梁史卓外出踏访，来到利比里亚军队爱德华营地附近，发现一片干旱枯黄的草原和零星的灌木丛，与片中所需的非洲独具特色的景色完全吻合，别提多高兴了。回到营区，他马上召集演员进行排练，翌日，马不停蹄地带着队伍出外景。因防暴队其后另有任务，仅有短短的一天时间给梁史卓用于影片拍摄，而根据以往的经验，这段戏无论时长还是分量而言，要花两三天才能拍摄完成。

草原上没有奔腾的骏马，没有成群的牛羊，只有雄鹰在炽烈阳光下的辽阔苍穹展翅飞翔。

队员们身上的装备有头盔、背包、防弹衣、1把枪、4个实弹夹，更有那勒得让人喘不过气的各种装备上的背带。

奔跑、卧倒、搜索前进……

草原空旷，找不到一处可以遮阴纳凉的地方。剧组全体人员就这样在烈日的暴晒下负重拍摄，从上午9时30分一直到下午4时，汗水顺着帽檐落下，竟腾不出手来擦一擦。一口冷水入喉，不消片刻，嗓子眼里的干渴又如同余烬复燃般往外直冒烟。

拍摄是辛苦的，或许会为了避开白天的喧闹嘈杂，选择在人们进入梦乡之后通宵达旦地拍摄；或许会为了拍到一滴汗水滴落的瞬间，开机之前就结结实实地先把自己虐出一身臭汗；或许会为了抓住最佳拍摄时机，两只眼睛不得不紧盯着头顶上的太阳，等待最合适的那一缕光线……

在影片外挥汗如雨、吃苦耐劳的防暴队队员，变身为影片中走出国门叩响和平钟声的一个个有血有肉鲜活灵动的角色。

青春不留白，更不会因为不够努力，使自己曾经许下的诺言得不到实现，抱憾终身。

这，就是他们。

这，就是他们在这段不可复制的燃情岁月留下的永恒光影。

这，更是肩上责任不可或缺的一部分。

这部微电影，名叫《种子》。

《种子》描述了边防军人梁征即将赴利比里亚执行维和任务，却得知父亲罹患绝症。临行前，父亲在病榻上交给他一些种子，告诉他，如果在西非把这些种子种活了，他们就还能重逢。这些种子是一位农民父亲给予儿子最沉重的爱和最真切的鼓励，也成为梁征内心的希望所在。

故事围绕主人公在任务区种植种子、保存信念这一主线，讲述主人公在种植种子时，与部队管理规定以及上级和战友之间发生冲突，从而引出维和队员之间相互信任、相互关爱的故事。

然而，几经努力之后，父亲交给的种子全部腐烂，无一存活。而此时，国内也传来父亲去世的噩耗。正当梁征沉浸在悲痛当中，准备将那些用来培育种子的瓶瓶罐罐丢进大西洋的时候，战友们出现在他的身旁。其实战友们早已读懂他的心思，都悄悄地为他种起了种子，给他希望和信念的支撑。此时，战友们手捧着为他培育出来的嫩芽，陪在他的身边，陪他度过绝望，一同继续前行，完成神圣无比的维和任务。

《种子》根据真实故事改编，片中主人公的原型正是梁史卓。主人公的父亲，正是梁史卓刚刚去世不久的父亲。

拍这部微电影时，梁史卓的情绪是饱满的，拍到动情处，他甚至忍不住在片场当众落泪。

第十一章　有一种疼痛叫父母亲人

向爱而生

这个故事，是一个儿子与父亲的故事。

是梁史卓与父亲一段刻骨铭心的回忆。

让我们将镜头回放，返回到河北廊坊集训的那段日子。

那时，廊坊很冷，大雪纷纷扬扬，从天而降，洒落在出征之前的路上，冰冷了儿子的整个内心世界——在集训最紧张的时候，梁史卓头顶响起一个炸雷：父亲查出肺癌，确诊已是晚期。

父亲60岁生日刚过，以往的多少个日日夜夜，他高高举起的生命之炬照亮了儿子前行的路。如今儿子还未“而立”，他却已经耗尽能量，即将蜡炬成灰。

噩耗传来，梁史卓的第一反应是：天塌了！

集训一结束，他马上赶回2000多公里外的广西横县，回到那个让人牵肠挂肚的家。

他推开那扇再熟悉不过的门，迟疑了片刻，最终鼓足勇气喊出了那声“爸——”。

为何迟疑，是期待得到父亲的回应吗？还是害怕听到他虚弱无力的声音？恐怕连梁史卓自己也说不清、道不明。

许久，内屋才传来轻微的声响，父亲左手扶着墙，拖着绵软无力的两条腿，低垂着头艰难地挪了出来。一头花白的乱发，抬脸看儿子时，甚至有几绺都遮住了眼睛。儿子不由得一愣，差点认不出眼前这个骨瘦如柴的男人了——这是父亲吗？儿子不敢相信自己的眼睛，却不得不接受这个残酷的现实。

这对父子不像父子，倒像同一条战壕的战友，绝对可以掏心掏肺地聊天。那天父子俩的聊天内容，无关病情，无关生活中一桩一件琐碎的事。那么，他们都聊些什么呢？聊父亲平时最爱问、最爱听的部队中的新鲜见闻。听到集训时的精彩片段，父亲脸上露出迟暮老兵会心的笑，像极了夕照下那朵金色的秋菊。

儿子心里一阵痛楚，仿佛被逼到了悬崖边，进退两难。维和 365 天，说长不长，说短也不短，但对父亲来说，太长了，他能否等得及，能否看到儿子凯旋？自己究竟去不去西非，要不要留下来，照顾临终的父亲，送他最后一程？

也许是对自身的病况早已不抱太大希望，父亲后来在一次电话中小心翼翼地提及："要不，你别去了？"

前进或者后退，何去何从，梁史卓在一篇文章中表明了心迹：

"我们都知道关于前进还是后退的徘徊毫无意义，正如同讨论一名斗士究竟该不该上战场一样，有些事情终究不是以生死作为衡量的。父亲不可能发自内心期望我就此止步，这么多年的养育，他要的是什么样的儿子，他自己明白。我也不可能就此放弃，于国家于人民，我有使命；于家庭于后辈，我有责任；于抱负，我要实现梦想；于父亲，我一直在努力成为他想要的那个儿子。"

上学时，梁史卓也是"热血青年"一个，高考落榜之后也沉沦过一段日子。正是因为父亲的耐心劝诫和循循善诱，才使他走出黑暗，走上一条充满阳光而且能够帮助自己实现人生梦想的道路。

“爸，我走了。”告别父亲那天，他走出家门，恍如20年前每个上学的早晨。

“去吧。”父亲虚弱地说。

到达任务区仅1个月，父亲与儿子便天人两隔。

都说“男儿膝下有黄金”，不是说跪就跪的。这天，七尺男儿在大西洋的海岸边重重跪下，朝着家的方向，磕了三个响头，他将未写完的一篇文章烧成灰烬，希望天堂的父亲能够看到——从小，父亲就喜欢看他的文章，并做点评。然后，给父亲点烟、倒酒，陪父亲坐了一宿，期望父亲的理解和原谅。

有道是，树欲静而风不止，子欲养而亲不待。在防暴队，这样的父子不只一对。

防暴队指挥中心参谋伍柏全说：“我怎么也想不到，2017年12月11日6时50分，父亲走到了人生的尽头。在生活一天天好转，正要乐享天伦的时候，父亲带着对我们的思念、对生活的无限眷恋，永远离开了我们。”

伍柏全的父亲出身寒门，与母亲结婚后，在工作中被石子砸伤，导致左眼永久性失明。但他生性倔强，落下残疾后并不抱怨命运对他不公，而是与之顽强抗争，用挺直的脊梁和勤劳的双手，扛起了抚养4个子女的责任。

当儿子收到维和选拔通知，征求家里意见时，母亲也曾犹豫，是深明大义的父亲站了出来，打消了母亲的顾虑，然后给儿子回复说：“我们支持你，去吧，注意安全。”

后来才知道，其实父亲也放心不下他，父亲在做母亲思想工作的同时，也在做自己的思想工作。

9月，父亲被确诊为骨髓增生异常综合征，而后转化成为白血病。

据医生说，骨髓增生异常综合征和白血病都很难治，骨髓增生异常综合征转化为白血病，治愈更加困难，化疗和移植等手段都得用上，费用高，而且预后很不理想。

得了这么重的病，换作别人也许早已崩溃了，但父亲没有被疾病打垮，反而比过去更坚强了。

担心儿子工作分心走神，每次打电话，父亲总是报喜不报忧，总是说“我很好，我在家里很好”，让儿子不要想太多，不用挂念父亲的病。当了解到维和部队有规定，维和人员不得中途请假回家后，父亲便自作主张，叫来自己的兄弟，摆出“自古忠孝难两全”的道理，托付后事：“柏全为国尽忠，就不能尽孝了，麻烦你们帮我安排后事吧。”

即便到了生命的最后时刻，他还对妻子、儿女千叮咛万嘱咐：“别把我病重的事跟柏全说。”

父爱之伟大，父爱之深沉，父爱之无私，父爱之无畏，由此可见一斑。

驾驶员兼战斗员杨国福，维和时已近“而立”，是一个3岁半孩子的父亲。在他的三口之家，他是顶梁柱。而他的精神支柱，是他的父亲。

在利比里亚旱季、雨季轮换交替时，他接到一个令人忧心的电话，得知父亲患了白血病。开始时，家里担心影响他的工作，并没有惊扰他，直至父亲病重，再也瞒不住了，才把消息告诉了他。

杨国福朝着家的方向，喃喃地和父亲说起了心里话：“亲爱的父亲，您千万千万要坚持住啊，儿子在13000公里之外执勤，就不回去伺候您了。完成任务后，儿子一定守在床前，好好给您尽孝，您可要等我回家啊……”话没说完，这个大男人已泣不成声。

每天站哨巡逻之余，杨国福都会打电话回家，询问父亲的身体情况，今天感觉怎样，好点了吗，多注意身体，要有信心，要听医生的话，坚持治疗，好好养病……

直到有一天，父亲再也无法听见儿子满怀关切的声音。

2018 年 1 月，再有一个多月，部队就要凯旋，回到祖国的怀抱，见到久别的亲人。不料，儿子却永远失去了父亲。

“去利比里亚之前，我们就已经签了‘生死状’和‘军令状’。维和期间，就算家里出天大的事，也不能回国。”接受采访时，杨国福眼眶湿润，“作为儿子，我后悔不能陪父亲走完他生命的最后一程；但作为军人，我却不后悔去西非维和。军人以守护一方安宁为己任，祖国需要我，我义不容辞。”

当出征的飞机飞离地面，飞往利比里亚任务区时，胡泉就告诫自己，作为一名军人，他是代表祖国去维和，不管遇到什么样的艰难困苦，甚至流血牺牲，都不能掉一滴眼泪。

可是，抵达任务区的第三天，远隔重洋的一次生离死别，让他违背了当初的诺言。

2017 年 3 月 14 日，时差刚刚调整过来，物资搬运、勤务交接等工作刚刚开始，忙碌中大家也无暇顾及离家的种种不舍与依恋。

那天早晨，胡泉起床后打开手机，看见父亲在凌晨时分发来的留言，心中不由一惊。

5 时 17 分，收到第一条信息：91 岁的奶奶已陷入昏迷，生命体征微弱，估计凶多吉少，请做好心理准备。朦胧的屏幕光线如同一把利箭，向他的双眸袭来。

8 时 20 分，收到第二条信息：现已在医院进行抢救，已下达病危通知书，已通知在外的亲人做好回家处理后事的准备。

9 时 45 分，收到第三条信息：奶奶已安详离开人世，请不要过度伤心，不要影响工作。

这最后的一行字，对他来说无异于晴天霹雳。

由于父亲在部队服役，胡泉从小由奶奶带大。小时候，奶奶经常把他背在身上，走街串巷与邻里拉家常，她柔软厚实的背，成为他孩提时代最依恋的地方。当时生活条件很艰苦，但奶奶从不吝啬给他买零食，只要兜里有零钱就会牵着他，到小卖部买他最爱吃的棒棒糖和酸梅粉。无数个仲夏的傍晚，奶奶带着他，坐在故乡的断桥边，教他唱儿歌，给他讲故事……

出征之前，奶奶还握着他的手，叮嘱他，出门在外不像在家里，一定要注意安全。奶奶说：“我等着你平平安安回来。”

如今，他的双脚刚刚踏上异乡的土地，奶奶就离开了他。

不经意间，泪水已模糊了他的双眼。

少林俗家弟子李江南，与外公感情一向很好。2017 年 9 月，外公去世了，他心里难受，想到一个没人的地方痛痛快快地哭一场。但他所在小队的指导员王延亮拉着他不让走，说是怕他想不开。他只好一个人躲在房间里，偷偷掉眼泪。王延亮还是不放心，在他屋里陪了他一个晚上。

世事无常，维和一年，共有 8 位队员的亲人离世，他们没能见上离世亲人最后一面。是不孝吗，不是。他们也想回去送亲人最后一程，但自古忠孝难以两全，家是最小国，国是千万家，国家国家，有国才有家，国永远排在家的前面，国比家更重要，没有大的国，哪有小的家。

维和宝宝

2017 年 3 月 14 日，防暴队到达任务区的第三天，北京时间 23 时 18 分，蒙罗维亚时间 15 时 18 分。

防暴队营区走廊。

一阵急促而欢快的手机铃声，让不知在走廊走了多少个来回，头发根都在往外冒汗的吴茂辉，脚步戛然而止。

"老公，我生了。"电话那头，妻子的声音虚弱却满含喜悦，"是个七斤四两的大胖小子。这边一切都好，你放心吧。"

吴茂辉抓起袖口，把头上脸上的汗胡乱擦了擦，他笑了。

这是老吴的第二个孩子。也是整个防暴队为之欢呼雀跃的首个"维和宝宝"。

那天，老吴兴奋得一夜没睡，高兴都来不及，怎么睡得着呢。他想，他现在是儿女双全，凑成了一个"好"字，这等好事不是每个人都能赶上的，要庆祝的话没个仪式怎么行。现在开始就要好好酝酿酝酿，给姐弟俩写封信，鼓励他们，长大后也像爸爸一样，报名参军，成为一名合格的军人。

高兴劲儿还没过，第二天父母就打来电话说，孩子因患吸入性肺炎，已转入新生儿科住院观察。

老吴的冷汗立即冒了出来，转而为小家伙担心了，他急忙打开手机，搜索了解吸入性肺炎究竟是怎么回事。吸入性肺炎，是新生儿在宫内或分娩过程中或出生后，呼吸道误吸羊水、胎粪及乳汁等进入肺部，引发气促、呼吸加快、呼吸困难等症状，是新生儿的常见病之一，病死率极高。

他的心不由得揪紧了。之后每天，他都给家里打电话，密切关注孩子的病情。好在经过医生、护士的精心治疗和护理，孩子很快转危为安。

妻子之所以不告诉丈夫这个情况，其实是怕丈夫分心，影响他在国外执行任务。

这是一位有大气魄、有担当的妻子，为了丈夫的事业，再苦再累，有再多的委屈也不抱怨，用女性柔弱的肩，默默扛起了一个家。

生女儿时，情况大致类似。

2015 年 5 月，妻子生产，老吴当时在外地培训，在妻子最需要安慰的时候，他没能陪在妻子身边。回家抱起活泼可爱的女儿时，女儿已经满月。有些情况他当时是不知道的，女儿出生之前，B 超显示脐带绕颈两周，差点就剖宫产了。知道后他嗔怪妻子:“咋不告诉我呢？”“你工作那么忙，告诉你有什么用啊，又回不来，光让你跟着干着急呀。”妻子态度开明。想起妻子受的委屈，老吴的鼻子直发酸，他边在女儿胖嘟嘟的脸上亲着，边给妻子保证:“如果生老二，我一定在家陪着你。”

2016 年 9 月，接到维和选拔通知时，老吴别提多高兴了。代表祖国出征，为维护世界和平而战，是他多年的梦想，现在机会终于来了！冷静下来，他又陷入了无尽的苦恼。这时女儿还不到 2 岁，关键是妻子又怀上了，已有 3 个月的身孕。他想，如果选拔通过，身怀六甲的妻子由谁来照顾？二宝出生，自己岂不是又要临阵缺席？真的是报名也难，不报名吧，又不甘心。

从结婚到现在，由于工作的缘故，自己与妻子总是聚少离多，妻子从怀上女儿至生产的全过程，基本都由岳父岳母照顾。甚至在女儿出生后，他也没有多少机会回家，不但错过了女儿的第一声啼哭、第一次翻身、第一次摇摇晃晃的站立，就连牙牙学语奶声奶气喊的第一声“爸爸”，也是在离家 4000 多公里的新疆军营，隔着手机屏幕看到、听到的。

他有愧于妻女，有愧于为这个小家辛苦操劳的岳父岳母。

参加维和选拔这件事，他是无论如何不好意思开口了。

却不料，敏感的妻子从他吞吞吐吐欲说还休中，看出他有心事。经不住一再逼问，他终于道出了自己想报名参加维和，觉得如果选上，离家一年的时间里，尽不到一个丈夫、父亲、儿子、女婿的责任，愧对妻子、孩子、父母和岳父母的实情。当年追求妻子的时候，妻子在他眼里是那么柔弱，总是一副小鸟依人的模样，却没想到，关键时刻却向他展示了一个妻子、一个母亲的博大胸襟：“机会难得，你还是报名试试吧，选拔上就安心去，家里不是还有我吗。”

男儿有泪不轻弹。但当他在利比里亚维和，忙里偷闲，反复咀嚼妻子的这番话时，都让他鼻头发酸，眼角含泪。

预产期是 2017 年 3 月 11 日，恰巧是防暴队到达利比里亚的日子。

妻子想，要是孩子提前来到这个世界，老吴不就可以见证孩子出生，而后安心踏上征途吗？

不过，这事得征求老吴的意见：“要不，咱剖宫产吧？”

虽说老吴也想出征之前看到孩子降临人世，但他更明白，剖宫产是存在很大风险的，也许会引发危及健康的并发症，与剖宫产相比，还是顺产好，相对来说比较安全，也不会让人那么揪心。想到这儿，他把头摇成了拨浪鼓：“别别别，既然宝宝想在你肚子里多待一些日子，就让他再待待吧，我们总有一天会见面的。”

机场送别，妻子捧着将要临盆的肚子，靠在老吴厚实的肩膀上，哭得像个泪人。

此时老吴也强忍泪水，不敢正视哭得稀里哗啦的妻子。他怕控制不住自己的情绪，让原本难过的妻子更加难过，而且还会吓到抱在怀里的女儿。他噘起嘴，在女儿脸上响亮地亲了一口，转头安慰妻子道：“不就是一年嘛。老婆，不要哭了，我很快就会回来的，安全回家，向你报到。”

妻子不禁破涕为笑，边抹泪边说：“好，等部队凯旋，我一定领着大宝和二宝来机场接你。到了那边好好干，给孩子们做个榜样。”

2018 年 7 月 26 日，广西壮族自治区党委、人民政府在南宁举行中国第五支赴利比里亚维和警察防暴队表彰大会暨先进事迹报告会。作为广西“五一劳动奖章”获得者和“十佳边防警嫂”，吴茂辉的妻子李菲走上讲台，深情讲述维和选拔时，在丈夫犹豫徘徊的关头，她怎样鼓励丈夫以国家利益为重，报名参加维和；怎样克服生孩子难产，孩子生下来患肺炎住院，而丈夫不在身边的孤独；当她刚下产床，正需要照顾时，又遇到老人和女儿患上重感冒，自己拖着虚弱的身子到医院给儿子送奶，回到家还要照顾老人和女儿的无助。

她说：“现在茂辉终于回来了，听到他满是愧疚的那句‘我要用下半辈子来弥补你，弥补儿女，弥补这个家’的那一刻，我觉得所有的苦与痛、辛劳与付出，都是值得的。”

事实上，维和一年，除了吴茂辉，还有曹雪峰、张君健、陈俊名、秦宗润、黄文聪等 10 多名队员的妻子分娩，他们无法陪伴左右。待他们完成任务回到祖国，这些“维和宝宝”大的已近 1 岁，小的也已几个月。

回国后，这些在维和战场摸爬滚打的硬汉抱起襁褓中的孩子时，一颗心早已化成了蜜。

新婚别

结婚不到半年，却要面临长达一年的离别，而且相隔万里，怎不叫人望穿双眼、想断肝肠？

这是防暴队行动一分队一小队翻译兼战斗员汤上葵的新婚妻子的感受。

出征那天，妻子早早便来到了机场，因为人太多，到处都是即将出征的勇士和送别的亲人，对自己来说熟悉得不能再熟悉的那个身影，这一刻却怎么也找不到，真让她揪心，让她着急呀。还是汤上葵先瞧见了妻子，同时看见了妻子眼里含的泪。他鼻子一酸，差点跟着哭起来。

妻子终于看见他了，飞奔过来扑在他的怀里，嘴里不停地说："你在外面一定要注意安全哦，不要老记挂着家里，我会好好照顾家里，等你回来！"

到了任务区，与妻子的联系便少了，不是不想联系，而是工作太忙了，顾不上。

记得在马里兰州哈勃执行长巡任务时，汤上葵和战友们在利比里亚的雨林地带日夜兼程，雨林地带基站无法覆盖，手机没有信号，近一个星期未能与妻子联系，直到返回营区，才看到妻子的无数条微信留言，心里充满了浓得化不开的绵绵爱意，还有那无尽的牵挂和担心。

对此，汤上葵有些愧疚："根据规定，行动上的事我们是不能跟家人讲的。出发之前，我只给她发了一条信息，说这几天有任务，没想到让她担惊受怕了这么些天，心里实在过意不去。”

如果你要问，贤妻的标准是什么，应该就是他妻子那样的吧。

小两口与老人不住在一起，汤上葵出国后，隔三岔五，妻子就提着大包小包去看望两位老人，帮老人干家务，陪老人聊天。在这期间，汤上葵的外公去世了，妻子帮着为外公料理了后事，替他尽了一份孝心，让他很感动。

“我不在家这一年，感谢你的辛勤付出。这个家有你，是我的福气，是我们全家的福气。放心吧，回去以后我一定好好陪着你，陪你打羽毛球，陪你去你想去的地方。”他给妻子发信息说。

除了汤上葵，还有 10 多名队员同样是刚步入婚姻的殿堂，便与爱人天各一方，忍受相思之苦。

问世间情为何物，直教人牵肠挂肚。

一年有多久

2017 年 3 月 5 日，对已怀孕 7 个月的许莉莉来说，意味着离别、盼望和遥远的等待。

许莉莉的丈夫曹雪峰，是防暴队行动二分队队长，今天，他要出远门，到利比里亚执行为期一年的维和任务。

号令已下，勇士马上就要出征。

许莉莉牵着 5 岁的儿子多多，在熙熙攘攘的送别人群里，在一顶顶天蓝色的贝雷帽下，寻找即将远行的爱人。

人实在太多了，纵是望穿秋水也看不到爱人的身影。她告诉自己，我是维和警察的妻子，我不能掉眼泪，不能让儿子笑话，说妈妈一点也不坚强。

可是当队伍渐渐消失在登机口，眼看着飞机将要起飞，泪水还是控制不住夺眶而出……

多多仰起胖乎乎的小脸蛋，带着哭腔说："妈妈，现在我已经开始想爸爸了。爸爸什么时候才能回来呀？"

"爸爸一年以后才能回来，陪你和妈妈。"

"可是妈妈，一年有多久，是不是很久很久呀？"多多边流泪边问。

一年有多久，这个问题并不深奥，但作为妈妈的今天似乎被问住了。她在思考，该怎样与一个 5 岁的孩子说清一年有 12 个月、52 个星期、

365 天、8760 小时、525600 分钟……对孩子来说，这一长串数字实在太枯燥了，他是弄不懂的，他只想要爸爸快些回来，抱他，亲他的脸蛋，给他讲故事，带他去游乐园玩。

许莉莉弯下笨重的身子，把儿子揽入怀里。恰在这时，她忽然有了一个想法，就是鼓励孩子做一本爱的相册，记录爸爸赴西非维和一年时间里儿子的成长。

这种特殊的经历，不是每个孩子都有的，所以多多特别珍惜。

丈夫出征后的第一个周末，许莉莉把一本相册交到了多多手中："多多，你不是想知道一年有多长吗？以后我们每个星期做一页相册，等到这本相册做好了，爸爸就回来了。"

"真的吗？那太好了！太好了！"多多抱着相册不愿撒手。

从那天起，多多每个有趣的瞬间都被录入妈妈的手机，爸爸在西非的训练照、生活照也源源不断地通过微信传了回来。

周末是多多最高兴的时候，他要花很多时间来挑选照片。他精挑细选，挑出自己认为拍得最好、最满意的照片。

照片挑出来后，再和妈妈去文印店打印，然后一张张贴到相册里，写上日期，附上简单的说明。

多多还没上学，很多字不会写。妈妈看见他咬着铅笔头，就知道他有不会写的字，便轻轻走过去，握着他的小手，一笔一画教他写。

为了让他有直观的认识，妈妈还给他买了个地球仪，一有机会便指着大西洋边上的一个地方告诉他，爸爸就在这里执行任务，这里是非洲西部，和我们国家隔着一个大西洋，离我们很远，有 13000 多公里。我们这边太阳出来的时候，爸爸那边太阳已经下山了……

爸爸出国不到 3 个月，妈妈就给多多添了一个可爱的小妹妹，名叫薇薇，与维和的"维"谐音，意思是她出生的时候，爸爸正在利比里亚维和。

这个名字，是一种纪念，也是一种眷念。

爸爸去维和，妹妹出生，让多多一下长大了，他觉得自己的责任重了。

“爸爸不在家，我要保护妈妈和妹妹！”看他双手叉腰的样子，谁也不会怀疑，这就是一个不折不扣的“男子汉”了。

许莉莉忽然想到一句话：有一种思念，叫“爸爸去维和”；有一种爱，也叫“爸爸去维和”。

有机会，她要把这句话告诉孩子们。

家书抵万金

2017年的父亲节，对王耀武而言是一个特别的节日，因为此时，他的儿子王雳正在利比里亚执行维和任务，无法回来与父母团聚。而作为部队转业、而今是一名公安的他，以及同样出生于军人家庭（父亲是军人、弟弟也是军人）的妻子王秋玉，是完全理解的。

王雳维和期间，祖母去世了，家里没有告诉王雳，父亲因工受伤，同样瞒着王雳，这么做，是为了不影响儿子的工作。

可是，惦记、牵挂子女，为子女的安危担惊受怕是天底下所有父母的“通病”，王雳的父母亦是如此。

王雳是家里的独生子。此刻，他在非洲怎样了，胖了还是瘦了，每天高强度的训练、站哨、巡逻他能不能吃得消，执行任务的时候，会不会有什么危险？所有这些，都是父母每天都想知道的。

于是，在父亲节的前一天，王耀武有感而发，给儿子写了一封信。

吾儿：

明天，是你赴利比里亚维和的第96天，也是一个特殊的节日——父亲节。

但，对于已过知天命之年的我来说，这个节真的无所谓。

只因对我来说，在万里之外的西非，你若安好，便是天天过节。

晚饭前，我又忍不住把家里的日历从头到尾翻了一遍，你妈也拿出手机，打开计算器，开始反复计算……

再过 269 天，你们将圆满完成任务凯旋，这才是你和中国维和警察防暴队战友们献给父母家人最贵重的礼物。

古人云：父母在，不远游，游必有方。

去年，得知你下定决心要去利比里亚维和时，说实话，我们当时确实不太赞成。

记得你说，在祖国需要的时候，作为军人，就应该挺身而出。二十几岁的青春，不是用来贪图享受的，必须拼搏吃苦！

作为一名老兵，我理解你的人生追求和价值观。

也许，我们唯一也是最好的选择，就是支持你去维和。

只是，比做决定支持你还要纠结的是，心底那一丝难以抑制的忐忑……

当时我欲言又止，现在，我想告诉你：

虽然你羽翼已丰，天高任飞翔，但要时刻准备好面对风雨……

木已成舟，海阔凭远航，但要时刻准备挑战骇浪……

为避免你去维和后对家人思念，去年春节，你离家之时，我们专门约定，最少每隔两天给家里打个电话，报个平安。

即使工作再繁忙，微信中简单报个“平安”也行。

你到西非后，我们时常好几天等不到一个电话或信息，心里只能是七猜八想，忐忑不安……

也许，对你来说，“欲作家书意万重”。

但是，对我们来说，你身处维和一线，“烽火连三月”的家书，可不仅仅是“抵万金”那么简单啊。

你离开后，你的健康平安，是我们生命的全部。

千万不要小看手机信号这根看不见的线，它能时时刻刻把万里之外你的安危和家人的思念紧紧连接在一起。

这种连接，不像旱季雨季、阴晴圆缺那么简单；我们对你的思念也不会因为科技发达而少一丝。

来自西非的“平安”二字，对我们来说确是弥足珍贵，它饱含着离别的思念和团圆的期盼。

这思念与期盼，时时挥之不去；

这思念与期盼，分分浮现我眼前；

这思念与期盼，秒秒徘徊我耳边；

这思念与期盼，刻刻积淀我心田。

自你走后，查看“八桂蓝盔家属群”，翻阅其他几个维和公众号，成了我和你妈每日的必修课。

2017 年 5 月 10 日早上，得知利比里亚暴发流行性脑脊髓膜炎疫情，30 多人致病，13 人死亡。

我非常担心，本想立即打电话给你。

只是，8 小时的时差，父爱的深沉和矜持，以及害怕影响你的工作，手机几次拿起又放下……

最后，我的犹豫和纠结被你妈看透。

她打通了你的电话，听你报完平安，压在我胸口的那份让我喘不过气的担心，终于释然……

现在，维和任务已执行四分之一，也许你们最初的新鲜和激情会慢慢消退。

可是，在任务区，每一次巡逻执勤都容不得半点马虎，安全之弦更是丝毫不能松懈。

我相信，在以后的日子里，你和队友们一定会继续发扬广西边防铁军精神，克难进取，扎实工作，不辱使命，创造辉煌！

父亲节，虽然你不能陪伴父母身边，但你却站在祖国最需要的地方，我很欣慰。

你代表着祖国，肩负着大国责任，树立着大国军人形象，履行着大国对世界的承诺，也展示着中国维护世界和平的决心与付出……

在父亲心里，你和中国第五支赴利比里亚维和警察防暴队的领导和战友们都非常了不起，家人更是以你们为荣。

父亲期待着，那份最大、最隆重的节日礼物——凯旋！

祝平安、快乐！

父

2017年6月17日

这是父亲节即将到来时，父亲给远在西非的儿子说的心里话。

这正是：维和十二月，家书抵万金。

第十二章　在总统大选的日子

实战前的对抗演练

非洲的总统选举，向来变化莫测，云谲波诡，险象环生。下列这组数据可以说明问题：1960 年至 2012 年，非洲各国共举行总统选举 335 次，仅有约 50％的选举，失败方愿意接受选举结果。对选举结果不满意，从而采取各种手段进行抵制的有 121 次。另有 47 次更是直接引发暴力冲突、政变甚至国内战争。

利比里亚又是怎样一种情形呢？根据资料，2003 年内战结束之前，这个国家的总统选举也是一波三折，屡屡出事。2017 年，利比里亚总统大选迫在眉睫，它能否顺利举行，政府能否完成平稳过渡，尚未可知。如果大选顺利举行，政府平稳过渡，中国第五支赴利比里亚维和警察防暴队的任务便圆满完成。

这一年的利比里亚总统大选，谁会想到，参加总统角逐的政党竟有 22 个之多，候选人亦多达 25 人。这两个数据累计叠加，使得选举结果更加云山雾罩，扑朔迷离。而且在 200 万拥有投票资格的选民当中，66％是没什么选举经验的年轻人，他们对“民主”一词缺乏足够的认识，能否正确使用手里这张选票，令人存疑。加上当地民众对选举过程和利比里亚政府的不信任，导致选举形势愈加复杂，结果不可预测。

大选期间，会不会突发大规模群体性事件，会不会酿成惨绝人寰的流血冲突，谁也不敢下结论。因此，未雨绸缪，提前制订有关行动方案，方为上策。防暴队适时向联利团提出建议，大选时能否考虑“多军种联合作战”，并且从现在起，就开始组织中国维和警察防暴队、尼日利亚维和警察防暴队、利比里亚警察防暴队及民事单警开展混编联训。

建议引起了联利团的重视，并予以采用。

不久，中国维和警察防暴队、尼日利亚维和警察防暴队和利比里亚警察防暴队、民事单警混编联训联演模式正式建立，并与乌克兰飞行队联合开展直升机搜救护卫训练联训。多国维和警察防暴队混编联训及首度实现不同国家维和警察防暴队与东道国警察防暴队有机混编、军警融合的训练模式，提升了应对任务区突发情况的能力及总统大选期间突发事件的协同作战能力。

“101！ 101！狙1号呼叫，狙1号呼叫，要员2点方向50米处，发现1名可疑男子，请立即查看！立即查看！”

“狙1号，密切观察，如有突发情况发生，可随机决断，但要绝对保证要员的安全。”

“收到，保证完成任务！”

这些对话让人以为是实战，其实是利比里亚警察防暴队、中国维和警察防暴队、尼日利亚维和警察防暴队三方联合的“红蓝”实兵对抗演练。

任务背景设置为利比里亚大选正全面铺开，任务区安全局势持续恶化。

联利团下达演练命令：利比里亚警察防暴队、中国维和警察防暴队、尼日利亚维和警察防暴队须协同作战，应对这一不利局势。其中，中国维和警察防暴队负责联利团官员的紧急转移和安全护卫。

警报声急促响起，中国维和警察防暴队行动分队迅速集结，跃上装甲车，奔赴任务区。

按既定部署，中国维和警察防暴队狙击手首先登上泛非大厦的制高点。随后，尼日利亚维和警察防暴队狙击手、利比里亚警察防暴队狙击手亦相继进入战位。

泛非大厦共 9 层，是蒙罗维亚的最高建筑，联利团总部就设在这里。作为联合国派驻利比里亚任务区主要的行政机构，有数千名军事人员、联合国警察及联合国职员在此办公。进入大厅和走廊，总会看见不同肤色、不同国籍、胸佩“UN”标志的维和人员在走动。虽然利比里亚内战已结束多年，但这栋建筑物墙上斑驳的弹孔仍在提醒着人们，战争不会留下美好的东西，留下的只是干涸的鲜血、毁掉的家园和永远无法弥补的伤痛。

正午时分，地表温度已超过 40℃。汗水顺着额头流下来，流入眼睛，又涩又疼。

那件又厚又重的防弹衣，猛烈压迫着心脏，使人几乎喘不过气。

要员出现了。

一名手提黑色皮包的男子亦同时出现。

这名男子尾随要员，神色慌张，一双眼睛贼溜溜地四处张望，确定未被发现后，他迅速接近要员，以图不轨。

此时，狙击手已做好充分的准备，视线穿过狙击步枪的瞄准镜，准确锁定了目标。

高精度射杀，一枪毙命是对狙击手的基本要求。但能否做到这一点，除狙击手的技术、身体素质、心理素质外，当时的风向、风速也会产生影响。

1 号狙击手王荣华，三十出头，中等个头，他性格沉静稳健，曾执行过多项重要的狙击任务，是一名经验丰富的老狙击手了。他四下看了看，根据经验判断，现场风向为东南风 4 级，风速每秒 6 米，自己距离嫌疑人约 200 米。于是，他调好了瞄准镜中的密位，右手的食指，缓缓移向扳机。

原本嘈杂喧闹的世界，此刻完全静了下来，只剩下自己那“震耳欲聋”的呼吸声，以及瞄准镜中缓缓移动的目标。

现场气氛凝重，在场观摩的所有人手里都不由得捏了把汗。

如果情况有变，嫌疑人有进一步的举动；如果对讲机传来射杀嫌疑人的指令，王荣华将一刻也不迟疑，扣动扳机。

嫌疑人继续向要员靠近，越来越近……

王荣华牙关紧咬，千钧一发之际，对讲机响了，上级命令机动组迅速形成战斗队形，冲向嫌疑人，对其进行识别盘查。

“狙 1 号注意，此人身份已确认，是联利团为配合演练派过来的、未事先告知我们的假想蓝军，此刻已被我方控制，险情解除。”

放下枪，王荣华全身的关节已经麻木，衣服也全部湿透，贴在身上黏糊糊的。

历时 4 个多小时的紧急转移演练结束后，包括联合国秘书长特别代表法里德·扎里夫在内的全体联利团高层官员，对中国维和警察防暴队的专业表现及敬业精神给予了高度评价，称中国维和警察防暴队是联利团最可靠的武装力量，为维护利比里亚和平稳定做出了杰出的贡献。

联利团安全主管走到王荣华跟前，当众夸他：“太专业了，中国维和警察狙击手！”

观摩联合演练后，联利团警察总监西蒙·布拉切利有了新的想法，他希望中国维和警察防暴队发挥标杆作用，发扬和衷共济精神，为其他队伍提供警务培训，使总统大选期间的安全保卫工作迈上一个更高的台阶。

防暴队联络官邹薛峰得知这一情况后，积极与联合演练各队协调，了解他们想学什么，想要掌握何种专业技能。然后将意见反馈给中国维和警察防暴队的教员。于是，便有了每周四中国维和警察防暴队派教官到联利团总部，为联利团单警和军事观察员、尼日利亚维和警察防暴队、利比里亚国家警察骨干进行警务技能培训等活动。除专业技能培训外，防暴队的教官还教他们练习中华武术，传播和发扬中华优秀的传统文化。

对于中国维和警察防暴队的出色表现，联利团警察总监西蒙·布拉切利说："中国维和警察防暴队混编联训的做法具有独创性，我们将向联合国行动部门做专题汇报，向全球任务区推广，希望各参训方向中国维和警察防暴队学习人群控制技法及单兵实战技能。"

联合国秘书长特别代表法里德·扎里夫这样评价中国维和警察防暴队："你们来自中国，你们的国家给了你们自信和荣耀，但你们的表现也足以令你们的国家感到骄傲和自豪！"

足球先生当上总统

2018 年 1 月 22 日上午，利比里亚新任总统乔治·维阿，在首都蒙罗维亚中国援建的 SKD 体育场举行就职典礼，标志着利比里亚建国以来首次顺利实现民主性权力交接。

该典礼备受全世界瞩目，许多国家的政府首脑、政要及外交使团应邀出席，中国国家主席习近平特使、原国家卫生和计划生育委员会主任李斌亦应邀出席典礼。

这天，为确保就职典礼顺利进行，当地政府关闭了蒙罗维亚多条交通要道，并派遣大批军警到场维护秩序。

据联利团预计，当天参加典礼的人数众多，极有可能引发群体性混乱甚至暴乱；再者，一些别有用心的人也可能趁机实施抢劫和盗窃犯罪。

联利团向最信任的中国维和警察防暴队发布命令：第一，派出一支小分队，前往联利团总部泛非大厦执行应急备勤任务，确保联利团成员及联合国设施的安全；第二，其余人员留守营区，做好应对突发事件的一切准备。

这无疑是对中国维和警察防暴队处理突发事件能力的一次重要检阅。

考验中国维和警察防暴队的时候到了。

上午 7 时，行动分队集合完毕，荷枪实弹，分乘 2 辆越野车、1 辆装甲车、1 辆防暴运兵车，向联利团总部进发。

由于交通管制，从防暴队营区至联利团总部，一路上人车稀少，道路从未如此的畅通。仅 20 多分钟，行动分队便到达了目的地。

联利团防暴办负责人向行动分队下达任务，并简要通报了就职典礼的基本流程。

任务明确之后，行动分队迅速进入泛非大厦主楼及附属区域，大厦的出入口、哨塔、岗亭及克敌制胜的建筑物制高点等，均由行动分队的人员把守布控。另安排部分人员在中心区域徒步巡逻，加强警戒。

旱季的联利团总部，热浪滚滚，空气似乎一点便着。队员们由于身上穿戴着厚重的装备，更是热得浑身冒汗，衣服都能拧出水来。但无论多难受，他们都坚守岗位，警容严整，警惕地观察着周围的一切，防止意外事故发生。

在极其紧张的氛围中，时间一分一秒流逝。

据利比里亚警察总部通报，大量未持有入场券的、狂热的乔治·维阿支持者，头天晚上就已聚集在 SKD 体育场附近，企图于典礼当天趁乱混进会场。

按体育场的设计，场内仅能容纳 22000 人，而到场人数约 40000 人，大大超出原先的预期。

照此情况看，警力的布防似乎有些弱了。

上午 8 时左右，联利团防暴办下达命令，一定要严防死守，保证就职典礼现场的安全。

尽管如此，入场时意外还是发生了。现场 50 多名群众受伤，多名重伤者被送往肯尼迪 JKF 医院及艾尔瓦医院接受治疗。

为防止事态进一步恶化，利比里亚国家警察局迅速增派警力，进行驰援。

通过网络直播密切关注事态变化的中国维和警察防暴队留守人员，也接到了联利团下发的备勤通知，火速赶往现场。

在利比里亚警察防暴队、中国维和警察防暴队及尼日利亚维和警察防暴队应急备勤分队的密切配合之下，典礼正常举行。

联利团防暴办对中国维和警察防暴队雷厉风行的战斗作风、专业周密的勤务组织给予了高度评价和肯定。

就职仪式终于拉开大幕，神圣的时刻到了。

新晋总统乔治・维阿绅士地向竞争对手致以崇高的敬意，他与前总统埃伦・约翰逊・瑟利夫的拥抱被称为“历史性拥抱”。

乔治・维阿站在 SKD 体育场的正中央，发表就职演说，其中谈到，对中国，他要说“谢谢”（中文），本届政府将坚定不移地支持一个中国原则，中国是利比里亚最值得信赖的盟友，他希望在其总统任职期间，利中关系能得到进一步加强。

乔治・维阿总统难掩内心的激动，说道，中国援建的 SKD 体育场把我推向世界足坛，今天，我又在此举行总统就职典礼。它既是利中友好的丰碑，也是利比里亚人民和平和解的象征。

特别值得一提的是，在利比里亚总统选举的整个过程中，经中国维和警察防暴队培训的利比里亚国家警察，被成建制列为首都快反力量，他们学以致用，在大型活动的安保、人群控制、要人警卫等方面运用到位，有效应对了大选期间发生的冲突骚乱，圆满完成了联合国交给的维稳任务。

下午 3 时 30 分，就职典礼顺利闭幕。

中国维和警察防暴队与联利团、尼日利亚维和警察防暴队及利比里亚警察一道，护航了利比里亚历史上最安全、最成功的一次总统大选。

第十三章　回国倒计时

大选后的余波

尽管利比里亚总统大选已经尘埃落定，但这个国家各党派之间的纷争还在持续发酵，国家命运令人担忧。

2018 年 2 月 7 日，蒙罗维亚就有近百名当地人，拉着横幅，高喊着口号，聚集在联利团总部门前示威，骚乱一触即发。

如不及时处置或处置不当，极有可能演变成不可收拾的危局。

接到命令，中国维和警察防暴队火速赶往事发地点，到达后，联利团要求防暴队隐蔽待命，待对方有更出格的举动时，及时采取行动，予以制止，以防事态进一步恶化。

这种“事后灭火”思维，与中国一贯秉持的“事前防范”“关口前移”模式有着本质上的区别。经防暴队分析研判，认为此时可以通过武力展示的方式，促使对方放弃聚众抗议，回到对话轨道上来，最终解决问题。

联利团为防暴队科学的分析研判所折服，欣然同意防暴队在联利团总部门前部署观察哨和狙击手，开展对抗演练，模拟人群冲击时如何进行处置、怎样克敌制胜，震慑犯罪分子。中国维和警察防暴队就这样在联利团总部门前演练了一整天，示威人群眼睁睁在那里看着，当地许多居民也走出家门，来到演练现场。当居民们往回走时，示威人群也散了，带着沮丧的心情，各自回家。

最后一次巡逻

2018 年 2 月 7 日，防暴队开展的巡逻，是中国第五支赴利比里亚维和警察防暴队的最后一次巡逻，也是中国赴利比里亚第一至第五支维和警察防暴队执行的最后一次巡逻勤务。正因为此，这次巡逻才受到参巡队员格外的重视，他们就要离开这片土地了，这最后一班岗，他们要竭尽所能把它站好。

此次巡逻勤务的任务是对蒙罗维亚附近开展武装巡逻及摄像取证，收集和掌握总统换届后首都的社情民意及治安形势，并且对利比里亚国家警察局总部进行回访，为联利团撤离提供信息支撑。

上午 8 时，10 人巡逻小队准时从营区出发，到杜拉市场、邦加海滩渔村及非洲大酒店开展武装巡逻。

私下里，防暴队队员还有一个心愿要了却，就是与利比里亚的朋友们见上一面，道个别，说声“再见了，我们会想你们的”。

杜拉市场一如往常人头攒动，异常热闹，固定摊位和流动摊位的商贩在高声叫卖、兜售货物。这里售卖的商品种类繁多，吸引了许多人前来购买，买家与卖家讨价还价的声音互为交织，隔着很远都能听见。

邦加海滩渔村位于蒙罗维亚北部，靠近圣保罗河的入海口，与非洲大酒店废墟离得很近，这里治安状况极差，是防暴队日常巡逻的重点区域之一。

说它是“村”，实则是个贫民窟。进到村里，满眼都是用铁皮、树枝和泥巴搭建的小房子，阴暗潮湿。又看见三三两两的妇女、儿童聚在门前，或忙着做家务，或嬉戏打闹，看见巡逻车队经过，妇女们停下了手里的活，孩子们也安静了，都站定看着车队从眼前驶过。

村子不大，只一小会儿，巡逻队的队员就来到了邦加海滩。海滩有着又潮又咸的空气，还有连成一片的椰树林。坐在树下乘凉的村民中，有个叫艾默尔的，正拿着梭子织渔网。他是巡逻队队员吴茂辉的老朋友，36 岁，个子并不高，却是村里少有的手艺人。看到防暴队队员，艾默尔很高兴，他指指手里的渔网对吴茂辉说，这张网很快就织好了，买主也有了，卖了钱，就去买一台电风扇回来，好让家里那台老掉牙的风扇“退休”。

吴茂问他，对新总统乔治·维阿是否满意。他兴奋地说，当然满意了，维阿是世界足球先生，也是利比里亚的英雄，他们爱戴他，拥护他，相信在他的领导下，像他们这样的穷人一定会过上好日子。

防暴队的到来，最高兴的其实就是孩子们了，他们把防暴队队员围在中间，要与队员们合影，要队员们教他们“功夫”，中国武打明星李小龙、成龙和李连杰的名字在这里家喻户晓。在孩子们的眼里，这些来自中国的“神兵”叔叔，个个都身怀绝技，个个都是李小龙、成龙和李连杰，个个都会中国功夫。能和他们合影，那是可以炫耀和骄傲半辈子的事情。

马尼玛莎，13 岁，头上围着一条金黄色的围巾，皮肤像黑色绸缎般光滑，配上一双闪亮的眸子，在一群孩子中间非常抢眼。她是艾默尔家的老二。她告诉吴茂辉，她要辍学了，但她想读书，只有读好书，长大才能找份好的工作，但家里兄弟姐妹太多了，父母实在付不起她的学费，要她回家帮卖炸面团贴补家用，顺带照顾弟弟妹妹。她跟吴茂辉说过，她想去中国。吴茂辉告诉她，只有认真学习，通过考试，才能实现去中国的梦想，现在看来，梦想成了跌落在地的肥皂泡。

要离别了，大家都依依不舍，还有很多话要说，怎么也说不完，但时间已不允许巡逻队员再作停留。

队员们向村民一一道别，感谢他们一年来对中国维和警察防暴队工作的关心、帮助和支持。村民们眼里含着泪水，高喊着“China, the best!(中国最棒！)”为队员们送行。

利比里亚国家警察总部，位于蒙罗维亚市中心，是一栋特别的三层建筑，有红白蓝三种颜色，看了有耳目一新的感觉。

巡逻队此行最主要的目的，是对 2017 年在警务中心受训的 14 名学员进行回访。让吴茂辉意想不到的是，这 14 人当中竟有 6 人曾在他负责的分队培训过。

一位名叫汉斯的学员，原为利比里亚自由港区三局的一名普通警员，因在培训中担任示范学员与吴茂辉熟悉。由于培训成绩特别优秀，他很快便获得了晋升，如今已是利比里亚警察防暴队的一名小队长。

看到昔日的“教官”，汉斯高兴坏了，见面就给吴茂辉一个大大的拥抱，还用中文说了句“师傅，我想你了！”

为了解受训学员对所学科目的掌握程度，“教官”们对建筑物搜索、人身检查、上铐技术等训练内容进行了抽查。虽然有些动作在细节上与所教内容有些出入，但总体还是符合要求的。纠正一些不足之后，双方进行了“人群控制”科目的合练。

吴茂辉后来说，如果他们的“所教”与学员们的“所学”能对这个国家的安全稳定有所帮助，没有比这更让人高兴的事了。

告别仪式上，中利两国的警察互敬军礼，深情相拥。

利比里亚国家警察防暴队队长盖伊弗洛尔・雷克发表感言：“感谢中国维和警察防暴队为我们国家的和平稳定所做的努力。维和期间，你们还帮助我们培训了一支国家警察防暴队，你们的表现非常优秀，我很高兴与你们并肩作战。谢谢你们。我会想你们的。”

巡逻的最后一站是辛科区。

天气晴朗，天空蔚蓝透明，白色的猛士车在阳光照耀下，更显霸气和帅气，与周围的红墙绿树相互辉映，形成一道别样的风景线。

辛科区是利比里亚富人较多、穷人较少的地区，因此，盗窃和抢劫案件频发，在高发的那几条街道，队员们下车，持枪徒步巡逻。

经过 15 街区的几个水果摊时，他们停了下来。他们要和娜塔莎姐妹道个别。

娜塔莎姐妹是当地人，以卖水果为生。防暴队队员与她俩相识，源于一次最平常不过的日常巡逻。

总统大选期间，不法分子趁乱打劫，致使辛科区的盗窃案、抢劫案猛增。为震慑不法分子，还人民群众安全稳定的生活环境，防暴队加大了对该区域的巡逻力度，终于使案发率大幅降低，当地群众安心了，生活又恢复了原有的平静。

一次，当防暴队完成任务正准备离开时，娜塔莎姐妹跑了过来，一人手里拿着一串香蕉，猛拍猛士车的车窗。在过去，商贩想推销商品用的也是这种套路，所以队员们认为，她们无非是想卖水果而已，不理会就是了。但她们不放弃，继续追着汽车跑。司机只好把车停下来。队员们向她们解释说，根据规定，防暴队队员执勤的时候是不允许购物的。而两姐妹连说不要钱的，是送给他们的。队员们谢绝了她们的好意，可她们还是将香蕉硬塞进了车里。

她俩笑着跑开了，笑声像风过时响动的风铃。

利比里亚国内流行“讨要文化”，当地人见了外国人，讨不到东西会觉得很遗憾，很丢面子。相较而言，娜塔莎姐妹不但不讨要，而且对帮助她们的人，心怀感激。

后来，每次巡逻经过辛科区时，队员们都去看望娜塔莎姐妹，顺便向她们了解当地的治安情况。

通过与防暴队队员的接触，娜塔莎姐妹了解了中国，爱上了中国，于是顺理成章地喜欢上了中国人，她俩常对防暴队队员说，最大的心愿就是有朝一日到中国去，当然，最好是有机会嫁到中国，做中国媳妇。

此次巡逻，防暴队队员专门给姐妹俩带来了饼干、笔记本和笔，并且用“拍立得”拍了张与她俩的合影，留作纪念。

临走时，队员们鼓励她俩继续努力，用勤劳的双手创造美好生活，美丽与勤劳两者兼具，就一定能寻找到自己的“如意郎君”。

吴茂辉文笔不错，他写下了此次巡逻的感想：

沿着来时的路，车队在夕阳的余晖中缓缓前行。这条路我已记不清究竟走了多少次，但每一次都承载着太多的回忆。直到现在，我还清楚地记得，初次巡逻时大家那一双双好奇而又警惕的眼睛，而似乎在转眼间，这就成了最后一次。自2003年以来，我国已派遣10000多名军警到利比里亚执行维和任务，这14年的努力与付出，我们到底留下了什么？是杜拉市场的繁荣，还是马尼玛莎对中国的向往，是汉斯与我的师徒情，还是娜塔莎姐妹的“中国媳妇梦”……我想，应该都是。“中国蓝盔”不仅是和平的守护人，更是友谊和文化的传播者。我们所做的一切，都在以实际行动彰显着“爱和平、负责任”的大国风范，以“特殊外交官”的身份，展现中国军警“威武之师、文明之师、友谊之师、和平之师”的光辉形象。

璐璐姑娘的建议

在一个异常闷热的夜晚，防暴队行动一分队一小队翻译兼战斗员汤上葵，穿着厚重的全套装备，与战友一道在蒙罗维亚街头巡逻。天很热，没走多远，防护服里已储满了汗水。自从来到任务区，汤上葵已多次执行这样的任务，每次都是这样，过路群众先是用充满好奇的眼神打量他们，当目光扫过他们身上携带的武器时，眼睛便开始躲躲闪闪，流露出慌乱害怕的神情。

“巡逻任务进行中，总体情况平稳、安全。”

当他们向基地报告完毕，正欲驾车前往下一个巡逻点时，一个非洲姑娘却毫不躲避，而是笑盈盈地向他们径直走过来。她脸上略施粉黛，打扮也很入时，理了个如同彪悍男子那样的短发，与普通非洲姑娘站在一块，宛如野鹤之于鸡群。

“Good evening!（晚上好！）”她微笑着同队员们打招呼。翻译汤上葵也回应：“Good evening!（晚上好！）”见防暴队队员会说英语，她脸上的笑容更加难以掩饰，她索性停下脚步，和队员们攀谈起来。

姑娘说，她家住在蒙罗维亚富人聚集的辛科区南区。看她的言行举止，像是受过高等教育的样子。果然不出所料，她叫洛佩斯·璐璐，是利比里亚《显微镜》杂志的一名编辑，还是一台广播节目的播音主持，而且自己还开了家餐馆，同时还是所在社区妇女权利组织的领袖人物。

集多种身份于一身的璐璐，是一位“铁娘子”无疑了。

璐璐谈兴颇浓，她无所顾忌，想说什么便说什么。她说，中国一直给利比里亚人民无私援助，帮助利比里亚建设被战争毁坏的家园，修路、盖大楼、建飞机场和各种场馆，好事做了很多，就像天上的星星，看得见却数不清。说到这里，她模仿中国人的动作，双手抱拳施礼，表示感谢。

“中国人民和非洲人民是好朋友，朋友之间互相帮助是理所应当的事情。”汤上葵回答说。

却没想到，这时璐璐话锋一转，向防暴队队员提了个非常现实的建议。她认为，中国给利比里亚人民的援助主要停留在物质援助层面，这远远不够，希望中国能帮助利比里亚人民提升自身文化修养和学习谋生的本领，只有这样，才能让她们的国家真正好起来。

汤上葵回答说：“这建议提得好，我们中国有句古话，‘授人以鱼，不如授人以渔。’你的意见非常宝贵，我们会写进报告里，提交给我们的上级。”

璐璐脸上笑开了花，拍着手，连说：“太好了，太好了，中国人真是我们的好朋友。”

这件事让汤上葵陷入了沉思，在蒙罗维亚的日日夜夜，自己无时无刻都感受到当地群众对中国朴素的感情和真挚友谊，而这些，不正是中国政府坚持双边合作，互利共赢外交战略的最好回报吗？

帕德力克先生的烫手山芋

无独有偶。一次，联合国总部代表团来防暴队营区参观，一路走下来，大家对防暴队的各项基础设施建设赞不绝口，连声夸好。在其后召开的座谈会上，帕德力克代表向防暴队提了几个问题，其中一个是针对防暴队为利比里亚国家警察进行警务培训一事发问的："中国维和警察防暴队为利比里亚国家警察提供警务培训，增强了他们的行动能力，这个非常了不起。但是，当防暴队离开之后，他们该怎么办呢？"

听话听音，锣鼓听声。这位外表斯文的代表，提问时表情像是若无其事，表面上这一问题似乎是对利比里亚国家警察的未来表示关切和担忧，实则是对防暴队为利比里亚国家警察提供警务培训的质疑与不屑，甚至认为这不过是防暴队一厢情愿的做法而已。

这位先生与璐璐姑娘不同，璐璐姑娘是直来直去，充满善意地给防暴队提建议，而这人阴阳怪气，说出来的话让人听了极不舒服，他是什么意思呢？队员们不免要在心里打几个问号。

这是一个烫手的山芋，又不能不接。

瞬时间，在座的人不免有些惊讶错愕，面面相觑，如此令人不快的提问，不知防暴队能否见招拆招，从容应对。

未曾想，翻译话音刚落，陈利华政委便从容不迫地接过了这个烫手的山芋，"尊敬的帕德力克先生，首先，这不是中国维和警察防暴队的培训活动，而是联合国驻利比里亚特派团授权中国维和警察防暴队开展的警务培训工作。中国维和警察防暴队的一切行动都是紧紧围绕联利团的指示和授权开展的，我们的工作是联利团工作的一部分，也是联合国工作的一部分。为利比里亚国家警察提供警务培训，只是推动利比里亚国家能力重建的一小部分，他们还有许多方面需要恢复和改进。至于中国的维和部队离开之后，我相信，在联利团的统筹帮助之下，这一切是能够逐步实现的，中国维和警察防暴队很荣幸能为此做出自己的贡献，谢谢！”

言毕，全场掌声雷动，包括联利团警察总监西蒙·布拉切利在内的所有国际友人均报以会心的微笑。而发问的那位澳大利亚人显然没有料到，他精心布置的“陷阱”会被陈利华政委巧妙地避开，不由得跟着鼓起了掌，表示叹服。

蓝卫宇队长曾跟我说，出了国才知道，在国际舞台上，长期以来都是由西方国家唱主角，凡事基本都由西方国家说了算，其他国家没多少话语权。因此，中国维和警察防暴队任何一名队员，他们的一举一动，都可能被不怀好意者加以利用，并且扩大化，对我国的维和行动甚至对外战略造成被动与不利。

时任中国驻利比里亚大使张越，曾经用“穿着制服的外交官”来定义中国维和警察防暴队队员的身份和作用。不论身在何处，任何一名中国维和警察防暴队队员，必须谨记自己的身份和职责，始终以最高标准严格要求自己，谨言慎行，在世界舞台上彰显大国的自信与从容。

第十四章　凯旋日，英雄泪满襟

身前身后是祖国

2018 年 2 月底，中国第五支赴利比里亚维和警察防暴队将完成为期一年的维和任务，返回祖国。

2018 年 2 月 5 日，联利团军警告别仪式在蒙罗维亚举行。联合国秘书长特别代表法里德·扎里夫、利比里亚总统乔治·维阿、联利团官员及利比里亚政府官员等出席仪式。与会嘉宾在致辞中说："联利团军警为利比里亚乃至世界和平做出了卓越贡献，感谢你们。"国旗交接后，中国维和警察防暴队队员在庄严肃穆的气氛中，高唱《义勇军进行曲》，向中国国旗敬礼。

蓝卫宇队长说："接过国旗的那一刻，我心情无比激动，全身不由自主地发抖，我觉得，我们所做的一切都是值得的，不管是离开家乡，还是离开家人。我们在尽自己最大的努力，帮助利比里亚人民实现和平、保持和平。"

同年 2 月，广西电视台新闻频道记者陈婧悦、兰俊赴利比里亚任务区进行采访报道，告别仪式他俩也在现场。陈婧悦说，她还是第一次见到这种场面，许多军警合影留念，诉说着即将离别的不舍，但更多的是在分享利比里亚重建的喜悦，比如从营区到联利团总部的路上，许多高楼正在拔地而起。其实和平与繁荣，就是他们最想要的军功章。致敬和平，祝福利比里亚。

春节到了，营区到处挂满了灯笼、中国结和五彩缤纷的气球，到处贴满了春联、剪纸，有了浓浓的年味。队员们杀猪、杀鸡、宰鸭、捕鱼、包饺子，吃庆祝团圆的年夜饭，因为距离回国的日子近了。

闭营回撤是一项繁杂而艰巨的任务，最主要是眼前这支收官队伍并无这方面经验。而这方面的经验，中国赴海地维和警察防暴队有，是完全可以借鉴的，联合国针对闭营回撤工作也有相关政策。一方面借鉴海地的经验，另一方面按政策逐条办理，错不了。

在防暴队临时党总支的部署之下，以专报的形式向国内汇报，并提出相关处理意见。同时，精细拟制 35 类回撤方案和文件，向中国驻利比里亚大使馆报告，并与联利团协商沟通，获得了他们的同意。其后全队投入，反复清点出 8 大类共 132656 件装备底数，测算货箱数量、尺寸，制作货箱，有序装箱。一些警用装备，防暴队并不打算带回中国，经上级机关批准，无偿捐赠给了利比里亚国家警察局，并举行了捐赠仪式。

2018 年 3 月 1 日 17 时 45 分，一架飞机稳稳降落在南宁吴圩国际机场的跑道上。出现在舱门口的，是中国第五支赴利比里亚维和警察防暴队的 110 名勇士（另有 30 名队员留守营区，待闭营回撤任务全部完成后，才能返回）。先期回国的勇士们，胸前挂着金灿灿的“和平勋章”，有的手里拿着锦旗，有的手捧鲜花，带着胜利的喜悦走下舷梯。

这天，是勇士们圆满完成维和任务，回到祖国的日子。

这天，是他们见到部队首长和战友的日子。

这天，是他们见到日夜思念的亲人的日子。

公安部边防管理局局长陈定武，广西壮族自治区人民政府副主席、公安厅党委书记、厅长胡焯，广西壮族自治区公安边防总队总队长王孔林、政委刘洪平等领导及部分维和队员的亲属，早早便来到机场，为英雄举行凯旋归建仪式。

陈定武代表公安部维和警察领导小组、公安部边防管理局党委和全国公安边防官兵，对第五支赴利比里亚维和警察防暴队圆满完成任务表示祝贺，对这支队伍回到祖国怀抱表示欢迎。他指出，自 2017 年 3 月出征以来，中国第五支赴利比里亚维和警察防暴队面对各种严峻考验，全体队员大力发扬中国维和警察精神和公安边防部队优良传统，牢记嘱托，不辱使命，实现了中国维和警察防暴队在利比里亚任务区 5 年奋战的完美收官。

此时，停机坪到处是人，最多的是防暴队队员的亲属。防暴队队员的孩子，手里高举着“欢迎蓝盔爸爸回家”“欢迎蓝盔妈妈回家”的标语牌；队员们的父母、妻子、丈夫、儿女等，都心情急迫，在人群里呼唤着亲人的名字，寻找最熟悉的那张面孔。

这一刻，荣耀与光芒是属于防暴队队员的。为了这一刻，从参加维和选拔到凯旋的 700 多个日日夜夜，他们付出了常人难以想象的汗水，做出了常人难以承受的牺牲，他们应该被时代铭记，被历史铭记。

但这一刻，他们什么都不想，只想在人山人海里尽快找到父母妻儿，拥抱他们，亲吻他们。

有的队员还未见到亲人，便被一名女记者拦下了。

记者问防暴队行动二分队教导员秦宗润，维和归来，此刻最想说的是什么？秦宗润说：“过去一年的经历，让自己更加懂得了和平的珍贵。我们在任务区常说的一句话是‘不出国，不知国之强大’，和其他国家的维和警察防暴队比，我们中国维和警察防暴队不论是人员素质、武器装备还是战斗力都是最好的，是唯一获得利比里亚国家杰出贡献奖的维和队伍。任务区的战乱、贫穷和落后，让我们深刻地体会到一个和平的环境对国家发展的重要，对老百姓生活的重要。在利比里亚，当地人都很羡慕我们，都知道中国是一个国家富强、人民幸福的国家，都以和我们交朋友为荣。不论走到哪里，祖国都是我们强大的后盾，我们为自己是一名中国人而骄傲，为拥有一个和平、稳定、强大的祖国而自豪。”

防暴队行动三分队八小队指导员方林宝，也被记者“逮”了个正着，问他在利比里亚印象最深的是哪件事，方林宝说：“我印象最深的是一次行动，那时，我们去距离营区 300 多公里的宁巴州执行长途武装巡逻勤务，由于路况很差，车辆每天都要在原始森林行驶 10 多个小时，中途没有联合国的补给点，所有补给都靠自己完成。有次情况很糟糕，准备到达科特迪瓦边境时，我们的车辆坏了，只能拖回营地。100 公里的路程我们用了 12 个小时才走完。此次任务我们花了三天两夜，途中，当地村民看到我们执勤车前的中国国旗，他们欢呼雀跃，伸出大拇指大声喊‘China! China!（中国！中国！）’并挥手向我们致意。”

记者走到行动三分队八小队战斗员兼狙击手吴战师面前，让他说说在利比里亚的情况，吴战师说：“有一次我们执行要人警卫任务，跟着军事观察员到社区进行走访，刚下车的时候就有一个情绪激动的中年男子向我们靠近，并大声嚷嚷。当时不知道他要干什么，只能保持警戒。后来才知道，他是因为看到我们到他们社区巡逻，情绪才这么激动的。以前，我们经常到那边巡逻，那边的社会治安相对来说比较好，基本上很少发生犯罪案件。后来我们的巡逻区域不在那边了，那边的治安环境逐渐变差，中年男子是想要我们每天都到那个区域巡逻，给他们一点安全感。这件事情让我印象很深刻，充分体现我们在利比里亚存在的意义。世界需要我们，世界需要中国维和军人！”

陈利华政委接受采访时，还没见到来接他的亲人，他对记者说：“此次维和任务我们紧贴战地实际，以锻造一流维和铁军为目标，高标准、严要求锤炼队伍，全体队员克服了任务区气候条件恶劣、执勤环境复杂、勤务任务繁重等诸多困难和挑战，出色地完成了维和任务，为中国维和警察防暴队在利比里亚5年维和任务画上了圆满的句号。可以说，经过此次维和，我们队伍的组织行动能力更加专业，队员的精神风貌更加优良，这也充分展现了我八桂子弟兵敢打硬仗、能打胜仗的良好形象，充分体现……”

这时，一个六七岁的小男孩叫喊着：“爸爸！爸爸！”从陈利华后面跑了过来。正在回答记者问题的陈利华，听到了这个稚嫩的声音。这声音在过去1年时间里，午夜梦回，不知出现过多少次了，每次出现都像喝了一口蜜，却又夹杂着一丝苦涩和愧疚。现如今，这声音真真切切在耳边响起来了，他的心头猛地一震，一股热流往上直冲，喉头哽住了，眼睛一下便蓄满了泪水。他回过身去，将儿子一把抱了起来。

采访被打断，记者并未因此懊恼沮丧，反而开心一笑，拿着麦克风走开了。

那些留守的弟兄

而此时，在任务区留守的队员，正通过手机观看防暴队凯旋的现场直播。从飞机着陆，减速滑行，到最终平稳停下，他们的眼睛死死盯着屏幕，一秒都不愿离开。

舱门开启，先出来的照例是那面鲜红的维和旗帜，然后，战友们一个个出来了。

留守队员何思达，大部队离开时，左手食指发炎，红肿疼痛，此时刚换过药，他想回去都想疯了。当看到飞机降落，看到战友走出舱门，看到停机坪上欢迎的人海，他哽咽了，自言自语道："他们多光荣啊。"接着，眼泪就大颗大颗滚了下来。

因防疫需要，队员们凯旋后必须在广西壮族自治区公安边防总队训练基地隔离一周，方可回家。隔离期间，集中播放了防暴队创作、录制的10部维和音乐短片，其中行动二分队四小队战斗队员莫济帆（"90后"，防暴队电脑编程、维修和及时保障方面的能工巧匠）创作和录制的《渴望光荣》，赢得了现场队员的阵阵掌声，留守的队员们通过直播观看，也不禁鼓起了掌。

与先遣队一样，留守也以自愿的方式进行。报名很踊跃，但报名的人心里也矛盾，留下的人少，不知道安不安全。

总之，出国一年了，归心似箭的队员们都面临着归与留的艰难抉择——有多少人，想早点回归，看望出生后未曾见过面的儿女；有多少人，想早点回去，拿一束鲜花，祭奠逝去的亲人；有多少人，想早点回家，慰藉翘首以盼的父母妻儿。但营区不能丢下不管，33 个集装箱、50 多辆装备车、8 大类 13 万多件回撤物资及 3 个大货柜的武器弹药，需要有人看管、装船，运送回国。而此时船舶代理公司的业务量大，一时无船可租，需要排队等候一段时间，少则十几二十天，多则一两个月。

因此，便需要有一部分队员，把早日与家人团聚的机会留给战友，把生死考验及对家人的思念留给自己。

队长蓝卫宇第一个报名留下。

此时，利比里亚总统大选刚结束，形势还不稳定，盗窃、抢劫时有发生，而防暴队的武器弹药业已封存装箱，等候运送回国。如此一来，后留队员相当于手无寸铁、赤手空拳了，营区的安全、自身的安全面临极大的挑战。

蓝卫宇队长将 30 名队员重新编队，编成 3 个小队，每个小队 10 人，每天分 5 班轮流上哨楼站哨。他们立下誓言：人在，营区在，物资在，不给不法分子任何可乘之机。

而蓝卫宇自己则准备了一把液压钳，如有紧急情况发生，随时破拆集装箱，取出武器应对。

在大西洋畔，他们又坚守了 20 多天。

那么，这 20 多天时间，留守人员是怎么熬过来的呢?

他们每天查看手机 APP，关注船到哪里了。很多次，看见船来，以为肯定是了，走近一看，却不是，失望极了。有队员在三都哨站哨，凌晨 2 时的时候，感觉有点困，便对着对讲机实时广播："你好，现在是午夜广播电台开播时间，我给大家唱一首《在他乡》。"更多时候，他们是看着平静的海面，嘴里反复唱着"我等的船还不来，我等的船还不来……"

终于，船被他们“唱”来了。

装船，清理个人物品，准备动身回国。

回国的前一天晚上，大家基本都没睡。总盼望着回家。白天盼，梦里也盼，真正到了这一天，反而留恋起这片战斗了一年的土地。有人把作战靴擦了又擦；有人偷偷在杧果树下埋了 2 罐威士忌；有人躲到没人的地方，哭着说：“怎么说走就走了？”

30 名队员回国，坐的不是包机。晚上 8 时 15 分登机，从蒙罗维亚经布鲁塞尔飞往北京，再转机回南宁，历经 33 个小时终于回到日夜想念的南宁。

一下飞机，蓝卫宇就与前来迎接的总队首长拥抱在一起，他含泪说：“我把大家安全地带回来了。”

至此，中国赴利比里亚维和警察防暴队最后一支队伍，以“零延误、零违规、零差错”的高标准，完成了闭营回撤任务，为中国维和警察防暴队在利比里亚维和画上了一个圆满的句号。

尾声　鹰在飞翔中成长

梁史卓说，当回国的专机在南宁吴圩国际机场降落，他步下舷梯，放眼停机坪，看到人潮涌动，人们翘首仰望依次走下来的防暴队队员，每双眼睛都写满“英雄”二字的时候，他手握鲜花羞愧难当。

他说：“我不是英雄。我只是一只雏鹰，在异国他乡同一片蓝天的飞翔中，逐渐成长。”

他在认真地思考着：在蒙罗维亚人头攒动的街市，人们能看到我们；在辽阔的热带草原，人们能看到我们；在蛮荒的原始森林，人们依然能看到我们；我们将五星红旗带到利比里亚任何一个地方……难道说，这就是英雄？

在蒙罗维亚，加百利·塔克大桥上的弹孔历经十余年依然如此清晰，非洲大酒店的废墟守望在蔚蓝浩瀚的大西洋边，等待希望的曙光，头顶篮子沿街叫卖的孩子渴望校园，谁都无法明确这个国家距离它的崛起究竟还有多远。他们无法丈量它的距离，而是务实地将自己的汗水，洒在铺就每一寸通往未来之路的浩大工程之中。这就是英雄吗？

在任务区非同寻常的一年，他们孤悬海外，同样成为在利比里亚华人的期待。将驻利比里亚华人企业所在地纳入武装巡逻范围，加大走访巡逻密度，指导建立联防队并开展安保培训，每月开展送医送药上门，跨越万里，将华夏同根的暖流引渡大洋彼岸……这就是英雄吗？

这一年气候恶劣，基础设施匮乏，后勤保障阵地同样面临一场硬仗。那么，就将“南泥湾精神”融入西非吧！依托党建联创，积极开展对外联络，建立 10 多个生活补给点，形成覆盖首都蒙罗维亚、辐射利比里亚全境的战地特色后勤保障网络，实现全境全时执勤无阻力……这就是英雄吗？

没错，这一年，他们就是这么过的，没有炮火硝烟，没有血肉横飞，可这就是他们的战斗。和平究竟意味着什么？它意味着你可以自由地行走在任何一个地方而不必担心突如其来的伤害；意味着在你孩子生日的时候，你可以在不远的糕点店里挑选一款他喜欢的蛋糕；意味着你只要努力，就能看到自己人生的希望……在无法避免战争的时候，他们只能以战止战。

但在无须战争的时候，他们更愿意用守卫来避免战争的发生，并时刻准备接受任何冒犯生命、冒犯道义的挑战！这就是他们的战斗，直面随时可能降临的危机，不分昼夜的坚守，让那里的民众在夜晚都能拥有美丽的梦；让那里的民众拥有信任与希望的力量；让那里的民众重新走向自己的未来。以希望之光代替枪火，给那里的人们洒下久战之后和平的甘霖。

梁史卓一手持枪，一手扯着一面鲜艳的五星红旗，站在一架印有“UN”字样的螺旋桨轰鸣的直升机旁。他咬肌毕露，神态像极了一只鹰，一只成熟的鹰。

那么，逆战而行的他和他们，这些曾在大西洋东岸，在云雾里、在蓝天上展翅翱翔的鹰，以及给他们精神和信念支撑的至亲骨肉，是不是英雄呢？

附　录

中国国际维和年表

1988年9月，中国正式申请加入联合国维持和平行动特别委员会，成为维和大家庭的一员。

1989年，中国首次派员参加联合国纳米比亚过渡时期协助团，帮助纳米比亚实现从南非分离出去，独立建立一个国家的梦想。

1990年开始，中国每年向联合国派遣军事观察员，参与维和行动。

1992年4月，中国组建第一支“蓝盔”部队——军事工程大队，赴柬埔寨执行维和任务。

2000年1月，中国派出15名维和警察奔赴东帝汶，揭开中国警察参与联合国维和行动的序幕。

2003年4月，中国派工兵连及医疗队赴刚果（金）维和。

2003年11月，中国派工程兵大队、医疗分队、运输分队赴利比里亚维和，这是中国首次向非洲地区派遣维和部队。

2004年10月，中国维和警察防暴队奔赴海地，这是中国首次派遣成建制中国维和警察防暴队参与联合国维和行动。

2005年10月，中国派工兵分队、运输分队和医疗分队赴苏丹执行维和任务。

2006 年 3 月，中国维和工兵营开赴黎巴嫩，这是中国首次派遣维和力量赴中东地区执行维和任务。至 2019 年，中国共计向黎巴嫩派出 18 批维和部队。

2013 年至 2017 年，中国每年派遣一支成建制维和警察防暴队进驻利比里亚，让这个国家的和平之路走得更远。

截至 2019 年 2 月，中国共派出维和人员 3.9 万人次，完成武装护卫巡逻任务 300 多次。兑现了向世界许下的承诺，体现了中国军警的血性与责任担当。

中国第五支赴利比里亚维和警察防暴队荣誉

2017 年 11 月，联合国向中国第五支赴利比里亚维和警察防暴队全体队员每人颁发一枚“和平勋章”。

2018 年 2 月，利比里亚政府授予中国第五支赴利比里亚维和警察防暴队“利比里亚国家杰出贡献奖”，这是唯一一支获得这一奖项的联合国驻利比里亚特派团维和队伍。

2018 年 5 月，中国第五支赴利比里亚维和警察防暴队被中国共产主义青年团中央委员会、中华全国青年联合会授予第 22 届“中国青年五四奖章集体”。

2018 年 7 月 26 日，公安部授予中国第五支赴利比里亚维和警察防暴队“集体一等功”；个人记一等功 13 人、二等功 43 人、三等功 84 人。

2018 年 7 月 26 日，广西壮族自治区人民政府授予中国第五支赴利比里亚维和警察防暴队“维和劲旅”称号。